Leo Born

Kalte Schuld

Weitere Titel des Autors

Blinde Rache
Lautlose Schreie
Brennende Narben
Blutige Gnade

Über den Autor

Leo Born ist das Pseudonym eines deutschen Krimi- und Thriller-Autors, der bereits zahlreiche Bücher veröffentlicht hat. Der Autor lebt mit seiner Familie in Frankfurt am Main. Dort ermittelt auch – auf recht unkonventionelle Weise – seine Kommissarin Mara Billinsky.

Leo Born

Kalte Schuld

Ein Kurz-Thriller mit Mara Billinsky

be THRILLED

beTHRILLED

Vollständige ePub-to-Print-Ausgabe des in der Bastei Lübbe AG
erschienenen eBooks »Kalte Schuld« von Leo Born

beTHRILLED in der Bastei Lübbe AG

Textredaktion: Bernhard Stäber
Lektorat/Projektmanagement: Rebecca Schaarschmidt
Covergestaltung: Massimo Peter-Bille unter Verwendung von
Motiven © shutterstock: KHIUS | Flik47 | Midiwave
Satz: 3w+p GmbH, Rimpar
Druck: Books on Demand GmbH, Norderstedt

ISBN 978-3-7413-0121-6

www.be-ebooks.de
www.lesejury.de

FSC
www.fsc.org
MIX
Papier aus verantwortungsvollen Quellen
Paper from responsible sources
FSC® C105338

– Vier Jahre zuvor –

»Ich habe zwei Karten für *Schwanensee.* In der Alten Oper.« Erwartungsvoll betrachtete er sie. »Na, wie sieht's aus? Hast du Lust mitzukommen?«

Annalena lächelte gezwungen. »Och, ich hatte dir doch schon gesagt, dass ich es nicht schaffe.«

»Aber da hatte ich die Karten bereits.«

»Du findest bestimmt jemand anders, der mit dir hingehen wird.«

Ein feines Schmunzeln huschte über sein Gesicht. »Hm, eine ganz komische Ahnung sagt mir, dass wir *Schwanensee* doch noch gemeinsam erleben werden.«

»Na ja, wenn du meinst«, erwiderte sie. Sehr abfällig, wie ihr bewusst wurde. Er kapiert es einfach nicht, dachte sie, während sie eine Mücke mit der Hand verscheuchte. Sie hätte ihn vorhin abwimmeln sollen. Tja, zu spät. Schuld war nur diese bleierne Langeweile gewesen, die Annalena erfasst hatte. Eigentlich war sie mit einer Freundin verabredet gewesen, doch Carmen hatte absagen müssen. Und Annalena war die Decke auf den Kopf gefallen. Also war sie aufgebrochen, um eine Runde durch den Park zu drehen und sich vielleicht ein Eis zu kaufen. Kaum hatte sie das Haus verlassen, war er ihr entgegengeschlendert.

Ausgerechnet er.

Er erzählte ihr, er habe ein kleines Nachmittagsdate im Park gehabt, sei allerdings versetzt worden. In seiner Hand trug er eine Kühltasche, wie für ein Picknick.

»Da sind ein kalter Prosecco und zwei Sektgläser drin«, hatte er gesagt. »Wie wär's mit einem Schluck?«

»Eigentlich spiele ich nicht so gern den Ersatz«, hatte sie geantwortet. Und war dann doch auf seinen Vorschlag eingegangen.

Nie hätte sie einen Verdacht geschöpft, alles hatte ganz harmlos und zufällig gewirkt.

So saßen sie nun also da, ein träges halbes Stündchen später, er im Schneidersitz, sie mit ausgestreckten Beinen, nackt unter dem knappen Minirock. Die Sonne brannte auf der Haut. Sie befanden sich auf einem kleinen Rasenstück, durch dichte Büsche abgeschirmt von den Hauptwiesen des Günthersburgparks – und damit von der Masse an Leuten, die es an diesem Sonntagnachmittag ebenfalls ins pralle Sommerwetter gezogen hatte. Familien, Studenten, Kinder, die Fußball spielten, Rentner mit kleinen Hunden. Der Trubel, das Lachen, das Gekläff, alles drang nur gedämpft zu ihnen herüber.

Er redete immer noch über die *Schwanensee*-Aufführung, sie hörte nur halb hin. Nein, er begriff es einfach nicht. Dabei hatte sie doch unmissverständlich klargestellt, dass er sich keine Hoffnungen mehr machen sollte, was sie betraf. Warum ging das nicht in seinen Schädel?

Nach einer Weile erhob sie sich, um die öffentliche Toilette bei einem Kiosk aufzusuchen.

Als sie zurückkam, hatte er nachgeschenkt. Sie prosteten sich zu, sie tranken.

Annalena spielte an ihrem Handy herum und gab sich alle Mühe, ihn spüren zu lassen, dass sie sich langweilte. Du kleines Biest, sagte sie im Stillen zu sich selbst.

Plötzlich begann sich alles in ihrem Kopf zu drehen.

Annalena fasste sich an die Stirn.

Auch mit ihrem Magen stimmte etwas nicht. Er krampfte sich zusammen, tat weh. Musste sie sich etwa übergeben? Sie war doch immer kerngesund. Das Drehen im Kopf wurde heftiger, schneller, die Büsche verschwammen vor ihren Augen.

Besorgt erklang seine Stimme: »Geht es dir gut? Du bist auf einmal so blass.«

»Alles okay«, hörte sie sich antworten, ihre Zunge pelzig, die Kehle trocken.

»Vielleicht gehen wir einfach ein paar Meter«, schlug er vor. »Ein bisschen Bewegung hilft bestimmt.«

Sie stand auf, schwankte leicht.

Er war neben ihr und stützte sie mit der Hand. Schritt für Schritt gingen sie über das Gras, ganz dicht nebeneinander. Ihr war, als würde die Erde unter ihren Füßen nachgeben. Zwischen den Büschen hindurch, Zweige streiften sie, dann betraten sie Asphalt, einen grauen, von der Sonne aufgeheizten Streifen, auf dem Autos in einer langen Reihe geparkt waren.

»Du machst mir Sorgen«, sagte er.

»Scheiße!«, erwiderte sie nur.

»Mein Wagen steht gleich dort drüben, ich könnte dich nach Hause bringen.«

Nach Hause? Das war das Beste, was er an diesem Tag gesagt hatte.

Er stützte sie mit immer festerem Griff, ihre Beine wurden schwächer. Irgendwo in ihrem Kopf regte sich etwas. Sein Wagen? Wie kam es, dass das Auto hier stand, während er doch vorhin in ihrer Straße zu Fuß unterwegs war? Das passte nicht zusammen, das ergab keinen Sinn.

Doch bevor sie ihn darauf ansprechen konnte, löste sich alles vor ihren Augen auf, die Farben, die Umrisse, übrig blieb nur ein dumpfes Schwarz, das sie mit jäher Wucht umfing. Eine vollkommene Finsternis, die erst nach schier endlos langer Zeit durchlässiger wurde.

Ihr war, als hätte sie eine ganze Woche geschlafen, tiefer denn je, traumlos, völlig ungestört.

Sie blinzelte.

Es war ein Geräusch, das sie aufgeweckt hatte.

Nein, kein Geräusch, sondern Musik. Wunderschöne Musik.

Oboen, Klarinetten, Flöten.

Na klar. *Schwanensee.*

Sie lächelte. Endlich gelang es ihr, die Augen richtig aufzumachen.

Verwirrt starrte sie auf eine Wand, die ihr vollkommen fremd war. Ihr Lächeln verschwand.

Die Musik kam aus einem Smartphone, das ihr jemand vors Gesicht hielt.

»Hallo, Prinzessin!« Seine Stimme war ganz nah, seine Lippen berührten ihr Ohr.

Sie erschauerte.

»Siehst du, ich hatte recht. Nun erleben wir *Schwanensee* doch noch gemeinsam. Eine Sondervorstellung. Nur für uns zwei. Für dich und mich.«

Erst jetzt bemerkte Annalena, dass sie gefesselt war.

1

Am Rande eines trostlosen Industriegeländes: Schrottplätze, Lagerhallen, Speditionen, mittelständische Handwerksbetriebe. Eine von Graffiti verschmierte Wüste aus zumeist verwahrlosten Gebäuden, rostigen Tonnen, Abfall und Maschendrahtzäunen. Überall wucherte Unkraut.

In der Nähe ertönte das Rauschen des stetigen Autobahnverkehrs. Ansonsten herrschte Stille.

Eine riesige Wolke schob sich wie ein aschgraues Tuch über die Gegend. Wind trieb Nieselregen vor sich her. Es war kalt geworden.

Kommissarin Mara Billinsky ließ den Blick über das weitläufige, unübersichtliche Gebiet schweifen, dann steckte sie das Handy wieder in ihre Seitentasche. Sie hatte versucht, ihren Chef, Hauptkommissar Rainer Klimmt, zu erreichen, doch vergeblich – er nahm den Anruf nicht entgegen.

Noch einmal betrachtete sie den kreidebleichen, sichtlich mitgenommenen Mann, der etwas entfernt dastand und sich an seiner glimmenden Zigarette festhielt. Sein Name war Udo Hormel. Er trieb sich angeblich öfter hier herum und hatte den Fund gemeldet. Zuvor hatte er wohl das Vorhängeschloss des Schuppens geknackt – wahrscheinlich neugierig, was es hier geben mochte, das es wert war, gesichert zu sein. Über seine Absichten hüllte er sich jedenfalls in Schweigen, doch im Moment war das nicht wichtig. Mara würde ihn später erneut befragen.

Jetzt allerdings musste sie wieder den Schuppen betreten, der etwas versteckt am äußersten Rand des Gebiets lag und sich mit der Rückseite an verwildertes Dornengestrüpp drückte. Wellblechdach, ein mit Kunststofffolie abgedecktes Fenster ohne Scheibe, abgewetzte, mit Moos bedeckte Holzwände. Die Tür hing leicht schief in den Angeln. Eine pinkfarbene Krone war auf sie gemalt.

Die Streifenbeamten und die beiden Männer von der Spurensicherung machten Mara Billinsky Platz. »Weitere Kollegen sind schon auf dem Weg«, informierte sie einer von ihnen.

Das Tageslicht konnte sich kaum hineinzwängen. Ein düsterer, bedrückender Ort. Mara schnürte es die Kehle zu, und sie achtete darauf, dass man es ihr nicht anmerkte.

Auf dem erdigen Boden stand ein blaues, stählernes, von keinerlei Rostspuren befallenes Industriefass. Der Deckel, den Udo Hormel geöffnet hatte, lehnte dagegen. Mara zog von Neuem die Stabtaschenlampe aus der Innentasche. Sie presste die Lippen zusammen und leuchtete ins Innere des Fasses. Vorhin hatte sie nur kurz hineingesehen, doch das reichte nicht, ein genauerer Blick blieb ihr nicht erspart.

Zwei Oberschenkel, zwei Unterschenkel, zwei Arme mit den Händen daran. Alles umhüllt von einer farblosen Flüssigkeit. Die Haut wächsern, geisterhaft, beinahe unwirklich – und doch allzu real.

Der Nieselregen trommelte sanft, aber beständig auf das Dach.

Mara drehte sich zu einem der Streifenbeamten um: »Leisten Sie diesem Hormel Gesellschaft. Sie können sich bestimmt irgendwo unterstellen, ich brauche ihn noch.«

Offenbar ganz froh über die Anweisung verschwand der Mann nach draußen. Mara wandte sich zwei weiteren, wesentlich kleineren Stahlbehältern neben der Tonne zu. Sie waren noch ungeöffnet. Der Inhalt der Tonne hatte Udo Hormel wohl jegliche Lust auf weiteres Herumstöbern ausgetrieben.

»Aufmachen?«, fragte einer der beiden Männer von der Spurensicherung.

Mara nickte.

»Oder sollen wir warten, bis die …«

»Nein«, unterbrach sie ihn. »Aufmachen.«

Er betrachtete kurz seine Hände, die in Schutzhandschuhen aus Kunststoff steckten, atmete einmal durch und drehte an dem großflächigen Deckel des ersten Behälters. Nach ein paar Sekunden war der Behälter offen. Der Mann spähte kurz hinein, dann trat er zur Seite. Er war ganz bleich.

Mara beugte sich nach vorn. Ihr Blick folgte dem Strahl der Lampe und fiel auf zwei Objekte, die ebenfalls in eine Flüssigkeit eingelegt waren.

Eines davon erkannte sie sofort: Es war ein menschliches Herz.

Schlagartig schien sich ihr eigenes Herz zusammenzuziehen.

Beim zweiten Objekt dauerte es länger, bis ihr klar wurde, um was es sich dabei handelte. Egal was man auch immer erlebt und gesehen haben mochte, egal wie abgehärtet man sein mochte, man war doch nie gewappnet für das, was einen in solchen Situationen erwartete.

Mara zwang sich, abermals hinzusehen, um sicher sein zu können. Nein, kein Zweifel. Sie knipste die Lampe aus und das Bild der seltsam schwerelos in der Flüssigkeit liegenden Vagina löste sich vor ihren Augen auf, blieb allerdings in ihrem Kopf.

Sie räusperte sich und wies mit der freien Hand auf den dritten Behälter, der wiederum etwas größer war als der zweite.

Niemand sagte ein Wort. Nur das Nieseln kratzte an der Stille.

Der Beamte öffnete den Drehverschluss des letzten Behälters. Erneut trat er beiseite, erneut leuchtete Mara nach unten ins Dunkel.

Ebenfalls diese träge wirkende, farblose Flüssigkeit. Darin lag ein Kopf, das Kinn leicht erhöht, wie in dem bizarren Versuch, nach oben zu schauen und festzustellen, wer da wiederum nach unten starrte. Die Augen waren glasig, das Haar braun oder dunkelblond, eine sorgsam drapierte fließende Masse, tote, verblasste Algen.

Mara konnte ihren Blick nicht von diesen Augen abwenden, sie musste sie weiter ansehen.

Diese Augen schienen zurückzublicken.

2

Der Nebel war wie eine Wand, seltsam körnig und abweisend, und als Chul Hong in der grauschwarzen Masse verschwand, glaubte er unsichtbar zu werden.

Ein gutes Gefühl.

Ein Gefühl, das ihm Sicherheit verlieh.

Die Umrisse der Honsellbrücke mit ihren wuchtigen Stahlfachwerkbögen zeichneten sich im kalten Dunst ab. Hong hielt inne, wartete noch ein wenig ab. Es war nach Mitternacht. Tagsüber herrschte hier viel Verkehr, jetzt jedoch war es still wie in einer Gruft. Die City mit ihren Wolkenkratzern war ein beträchtliches Stück entfernt.

Ja, Stille. Auch sie verlieh ihm Sicherheit.

Nachdem er Lederhandschuhe angezogen hatte, setzte er sich wieder in Bewegung. Ohne Eile folgte er dem schnurgeraden Verlauf der Brücke. Er roch das Wasser des Mains, und das ließ ihn an das Fischspiel denken. Die Erinnerung traf ihn wie ein Blitz. Lange hatte er nicht mehr daran gedacht. Nicht nur an das Fischspiel, sondern ganz allgemein an früher. An seine Küstenheimat, an den Weg, den er im Leben gegangen war.

Erst als er die Umrisse des Mannes wahrnahm, der in der Mitte der Brücke auf ihn wartete, kehrte die Konzentration zurück.

Der Mann drehte sich zu ihm um, Hong sah dem Fremden die Anspannung an, die ihn ergriffen hatte. Mit Hongs Erscheinen verband er Hoffnungen, doch seine Wachsamkeit blieb gewahrt.

Das war verständlich, so war es immer. Hong hatte schon viele derartige Begegnungen miterlebt.

Sie standen da, umgeben von Stille und Nebel, und musterten einander.

Hong kannte den Namen seines Gegenübers nicht, aber dessen nordafrikanisch wirkendes Äußeres bestätigte, dass es sich um die Zielperson handelte. Wer sollte sich um diese Zeit auch sonst hier herumtreiben?

»Sie überbringen mir etwas, richtig?«, fragte der Mann leise.

Womöglich war er verblüfft, dass ein Asiate am Treffpunkt erschien, doch er zeigte es nicht. Die Welt war kleiner geworden, erst recht die Welt des Verbrechens. Landesgrenzen und Staatsangehörigkeiten verloren an Bedeutung, es gab immer mehr multinationale Verbindungen und Zweckbündnisse.

Hong nickte. Er wusste nicht, was der andere getan haben mochte, um den Zorn von Hongs Auftraggebern auf sich zu ziehen, es war ihm auch völlig egal. Sie hatten dem Nordafrikaner Geld und falsche Papiere zugesagt, damit er untertauchen konnte, doch das waren leere Versprechungen.

»Übergeben Sie mir jetzt bitte alles, ich möchte nicht zu viel Zeit verlieren.«

»Das will ich auch nicht«, erwiderte Hong mit seinem starken Akzent. Deutsch hatte ihm nie gelegen, seine Absprachen traf er meistens in Englisch.

»Umso besser.«

Hong nickte erneut, dann verschwand seine Hand im Kragenausschnitt des Mantels. »Allerdings habe ich nicht so viel Geld dabei, wie es angekündigt war.«

Der Mann starrte ihm verwundert ins Gesicht. Auch das war jedes Mal so, und als die Hand zum Vorschein kam, hatte er sie nicht mehr im Blick. Und damit auch nicht das Messer mit der langen, schmalen Klinge, mit dem Hong außerordentlich geschickt umgehen konnte.

Es passierte so verdammt schnell.

Ein präziser Stich – und fast im selben Moment weiteten sich die Augen des Opfers vor nackter, hilfloser Verblüffung. Chul Hong zog die Waffe aus dem Herzen des Nordafrikaners, der zu Boden sank, ein letztes Röcheln auf den Lippen.

Hong blickte emotionslos auf ihn herab.

Wie rasch es doch immer vorüber war, wie unspektakulär es ablief. Blut floss nun mal genau so wie andere Flüssigkeiten. Tote lagen da wie Schlafende. Und die Sonne würde auch nach einer Nacht, in der ein Mord geschehen war, wieder aufgehen.

Er säuberte die Klinge mit einem Tuch und schob es besonders sorgsam in die Manteltasche, damit es auf keinen Fall zurückblieb. Auch das Messer steckte er weg. Anschließend hob er den Toten an, um ihn über das Geländer zu wuchten. Mit einem Platschen landete der leblose Körper im Wasser.

Sofort herrschte wieder Stille.

Hong sah sich um.

Der Nebel war noch dichter geworden.

3

Hauptkommissar Klimmt blickte kaum auf, als Mara Billinsky sein Büro betrat und sich vor seinen Schreibtisch stellte.

»Ich nehme an, Sie haben ein paar unappetitliche Details für mich.«

»Richtig«, erwiderte sie.

Breit und massig füllte er den Drehstuhl aus. Seine Augen waren gerötet, unter dem ungepflegten Walrossschnauzbart wölbte sich ein kräftiges Kinn.

»Dann setzen Sie sich hin, und schießen Sie los, Billinsky.«

Sein Blick streifte ihre Doc-Martens-Stiefel, die abgewetzte Lederjacke, ihr auffallend blasses Gesicht mit den Piercings und den ebenso auffallend schwarzen langen Haaren. Anfangs hatte er keine Gelegenheit ausgelassen, ihr Erscheinungsbild zu kritisieren und praktisch jedes einzelne Wort, das aus ihrem Mund kam. Er hatte sie loswerden, wieder nach Düsseldorf schicken wollen, wo sie die letzten vier Jahre vor ihrer Rückkehr zur Frankfurter Mordkommission gelebt und gearbeitet hatte.

Aber Mara Billinsky, die Krähe, hatte sich durchgebissen.

Und inzwischen herrschte zwischen ihr und ihrem Vorgesetzten eine Art wachsamer gegenseitiger Respekt. Auch wenn es nach wie vor zwischen den beiden krachte, ab und zu jedenfalls.

Mara begann mit ihrem Bericht: »Es sieht alles danach aus, dass ein Mörder in diesem Schuppen seine Trophäen haltbar gemacht hat, um sich auch lange Zeit nach der Tat daran zu ergötzen.«

Erst jetzt nahm sie Platz. Und erst jetzt sah Klimmt ihr ins Gesicht. Etwas Düsteres lag in seinem Blick. »Weiter«, sagte er, knapp wie immer.

Mit betont sachlicher Stimme listete sie auf, was in der Industrietonne und den beiden übrigen Behältern gefunden worden war.

»Wie lange werden die Leichenteile dort schon aufbewahrt?«

»Monate, Jahre.« Sie machte eine vage Geste. »Die Spezialisten wollen sich nicht festlegen. In Formalin gelagerte Leichen oder Leichenteile sind offenbar auch nach zwanzig Jahren noch überraschend ansehnlich, um es mal so zu sagen.«

»Wer ist die Tote?«

»Das wissen wir noch nicht.«

»Was sagt unser Frankenstein denn zu der widerlichen Sache?«

Das war der heimliche Spitzname von Dr. Tsobanelis, dem Rechtsmediziner, der sich des Falles angenommen hatte.

»Wie üblich hat er sehr viel zu sagen.« Mara äußerte das mit ironischem Ton, da sie die narzisstische Art des Arztes nicht leiden konnte. »Aber immerhin ist auch etwas Hilfreiches dabei. So ist er zum Beispiel überzeugt, dass der Täter kein Fachmann ist. Ich meine damit, dass er höchstwahrscheinlich keine chirurgischen Kenntnisse besitzt und auch keine entsprechenden Instrumente eingesetzt hat. Also kein Skalpell, keine Knochensäge.«

»Wie kann er so sicher sein? Vor allem was den letzten Punkt betrifft.«

»Tsobanelis hat mich lange genug die Abtrennflächen der Leichenteile anschauen lassen. Und mir dazu wortreich erklärt, dass daran nicht gesägt oder geschnitten, sondern gerissen und gehackt wurde. Aber es wird noch schlimmer.«

»Inwiefern?«, fragte Klimmt.

»Der Kopf, das Organ, das Geschlechtsteil und die Amputate müssen kurz nach Eintritt des Todes der Frau in Formalin eingelegt worden sein. An ihnen finden sich keine Fäulnis- oder Verwesungsspuren. Außerdem wurde aufgrund von Rückständen in den Blutgefäßen festgestellt, dass die Frau hochdosierte Amphetaminmengen erhalten hat. Passend dazu weist sie Einstichstellen in einem Oberarm auf.«

Klimmt nickte finster vor sich hin. »Um sie wach zu halten. Immer wenn die Möglichkeit bestand, Schmerz und Erschöpfung könnten die Frau ohnmächtig werden lassen …«

«… verabreichte man ihr eine Ladung Wachmacher«, vollendete Mara den Satz für ihn.

»Scheiße«, stieß er kaum hörbar hervor.

»Ja, es besteht kein Zweifel. Laut Frankenstein lässt sich auch aus den Einblutungen an den Abtrennstellen ablesen, dass das Opfer während der Eingriffe tatsächlich am Leben war.«

Klimmts Miene blieb ausdruckslos. Er äußerte keinen Ton.

Maras Worte schienen noch in der Luft zu stehen, als könnte man sie mit den Händen ergreifen. Der grauenvolle Anblick im Schuppen drängte sich ihr erneut auf. Nichts auf der Welt war derart entwaffnend und unbarmherzig, wie dem Tod gegenübertreten zu müssen. Erst recht, wenn er sich auf diese Weise zeigte.

»Sonst noch etwas?«, wollte Klimmt wissen.

»Es gab auch Rückstände, die auf Schlaf- oder Beruhigungsmittel schließen lassen. Und zwar …« Mara zog einen Block mit Notizen hervor, die sie sich während des Gesprächs mit Tsobanelis gemacht hatte. »Benzodiazepine. Wie man sie für die sogenannten K.-o.-Tropfen verwendet.«

»Man hat das Opfer erst mal bewusstlos gemacht, um es in seine Gewalt zu bringen.«

»Das war der Auftakt«, sagte Mara bitter.

»Ist der Fundort der Tatort?«

»Ja. Im Boden des Schuppens konnten viele Blutreste gefunden werden. Er muss regelrecht getränkt gewesen sein.«

Klimmt wartete ein wenig, bis er seine nächste Frage stellte: »Irgendwelche Täterspuren?«

Mara schüttelte den Kopf. »Bis jetzt nicht. Gut möglich, dass er eine Art Schutzanzug und Handschuhe getragen hat.«

»Ob und auf welche Art sie vorher sexuell misshandelt wurde, lässt sich wohl nicht mehr ermitteln.«

»Keine Chance. Aber bei einem Serientäter, der so vorgeht, wie es hier der Fall zu sein scheint, ist es durchaus möglich, dass ihn der tatsächliche Geschlechtsakt gar nicht interessiert, sondern ausschließlich das Ausüben von völliger Kontrolle über das Opfer.«

Er räusperte sich. »Wenn er bestimmte Leichenteile konserviert und aufbewahrt, um in Erinnerungen zu schwelgen, dann kommt er doch wohl immer wieder an diesen Ort zurück.«

»Klar, deshalb wird der Schuppen ab jetzt überwacht. Aber es ist natürlich auch möglich, dass der Täter Wind von dem Fund bekommen hat. Ein paar Presseheinis sind nämlich bald nach uns dort aufgetaucht.«

»Ein oder mehrere Killer? Was denken Sie»

»Das Tatmuster deutet auf einen Einzeltäter hin.«

»Vor allem auf einen Täter, der so etwas nicht nur einmal im Leben macht, um es mal auszuprobieren wie eine neue Weinsorte.« Er erhob sich, machte das Fenster auf und hielt seine Zigarettenschachtel in die Höhe. »Immer noch Nichtraucherin?«

Mara stand auf und stellte sich neben ihn. »Sagen wir eher: immer wieder.« Sie ließ sich von ihm eine Zigarette reichen und Feuer geben.

»Billinsky, wir sollten uns darauf einstellen, dass wir es mit einem Serientäter zu tun haben.«

Genau wie Klimmt stieß sie den Qualm ins Freie hinaus. Das Rauchverbot hatte ihn nie sonderlich gekümmert – und manchmal lud er sie ein, ihm Gesellschaft zu leisten. Seltene Momente eines gelassenen Einvernehmens zwischen ihnen.

»Sie haben schon recht«, sagte Mara. »Nur Serienkiller inszenieren so etwas. Aber die Leichenteile gehören mit absoluter Sicherheit lediglich zu einer einzigen Frau. Hm …« Sie verstummte.

»Was ist los, Billinsky?«

»Ein Gefühl sagt mir, dass es um eine Einzeltat geht.«

Frische Luft hüllte sie ein und ließ Mara kurz erschauern.

»Fakten sind mir lieber als Gefühle«, brummte Klimmt.

»Mir auch.«

Sie musste an die Krone denken, die mit Farbe auf die Schuppentür gemalt worden war. Nur ein Detail. Vielleicht stammte es nicht einmal vom Täter. Aber es ließ Mara nicht los. Allein schon, weil es so aussah, als wäre das Symbol mehrfach aufgefrischt worden. Ringsum überall Verwahrlosung – und dann diese leuchtende Krone.

Es klopfte.

»Immer rein«, rief Klimmt.

Mara drehte sich um, der Hauptkommissar nicht.

Jan Rosen betrat den Raum. »'tschuldigung«, sagte er. »Ich habe Neuigkeiten.«

»Dann müssen Sie sich nicht entschuldigen«, blaffte Klimmt.

Allzu gern hackte er auf Rosen herum, einem scheuen,

zurückhaltenden Kommissar, der häufig Mara zugeteilt wurde. Die beiden Außenseiter im Team. Doch Mara hatte deutlich gemacht, dass das eine Rolle war, mit der sie gut zurechtkam.

»Es geht um Folgendes«, setzte Rosen an. »Das Opfer muss sich relativ kurz vor dem Tod einer Kieferoperation unterzogen haben. Bei einer zweiten, noch genaueren Obduktion wurden nämlich Kiefernklammern gefunden. Aufgrund der Seriennummer dieser Klammern war es relativ einfach, die Identität der Frau festzustellen.«

Erst jetzt drehte sich auch Klimmt um.

»Na los«, drängte er. »Raus damit!«

»Äh, der Name der Frau lautet Annalena Maruth. Im Alter von fünfundzwanzig Jahren verschwand sie von einem Tag auf den anderen spurlos. Alleinstehend, keine Kinder, berufstätig. Der Zeitpunkt des Verschwindens liegt bereits vier Jahre zurück.« Er hielt inne und sah von Klimmt zu Mara.

»Weiter, Rosen«, forderte der Hauptkommissar, den Rosens Bedächtigkeit oft auf die Palme brachte. »Lassen Sie sich nicht alles aus der Nase ziehen.«

»Äh ja, klar«, stotterte Rosen. »Annalena Maruth verließ an einem frühen Sonntagnachmittag ihre Wohnung im Nordend. Im Treppenhaus ist sie einer Nachbarin begegnet, und diese Nachbarin war die letzte Person, die sie lebend gesehen hat.«

»Außer dem Mörder«, ergänzte Klimmt und schob sich die nächste Zigarette zwischen die Lippen.

»Äh, richtig«, stimmte Rosen unnötigerweise zu.

Nach einer kurzen Stille meldete sich Mara zu Wort: »Dann lasst uns die Tote mal kennenlernen.«

4

Ein Blechtisch in einem nackten fensterlosen Archivraum, erhellt von weißlichem Neonlicht. Staub, abgestandene Luft, Stille.

Manchmal, wenn Müdigkeit sich heranschlich und die Gedanken schwerfälliger wurden, spürte sie ihn auf sich, diesen Blick aus leeren, leblosen und doch merkwürdig klaren Augen.

Annalena Maruths Augen.

Opfer bedeuteten nicht einfach nur Aufgaben, denen man nachgehen musste. Opfern gegenüber hatte man eine Verantwortung. So zumindest empfand Mara Billinsky es immer. Die Schuld, alles für sie zu geben, um ihnen doch noch ein gewisses Maß an Gerechtigkeit zuteilwerden zu lassen. Erst recht, wenn es sich um einen jungen, rechtschaffenen Menschen handelte, der vorzeitig hatte sterben müssen, jemanden, der noch so viel Leben vor sich gehabt hätte.

Mara fuhr sich übers Gesicht. Tatsächlich, sie war müde. Nicht weil sie überarbeitet gewesen wäre, sondern weil dieser Teil des Jobs sie immer schon genervt und ihre Energie geraubt hatte.

Um sie herum türmten sich Berge von Ordnern. Vor ihr auf dem Tisch befand sich der Laptop, rechts und links davon stapelten sich Aktenblätter. Das war eigentlich genau das Richtige für Jan Rosen, aber der hatte sich krankgemeldet.

Also weiter. Vergleichbare Fälle. Verbrecher, die ähnliche Taten begangen hatten. Vermisste Frauen, die in

Aussehen und Alter der Toten entsprachen. Zwei Tage lang hatten sie und Rosen sich in die Sache reingekniet, andere Fälle links liegen lassen, bis sie das Gefühl hatten, knietief in Annalena Maruths Leben zu stehen.

»Knietief reicht noch nicht«, hatte Mara gesagt.

Befragungen von Angehörigen, Freunden, Bekannten, ehemaligen Arbeitskollegen der Ermordeten. Überaus schwierige Gespräche. Die Leute konnten durch den grausigen Fund zwar mit der Sache abschließen, und die quälende Ungewissheit, was mit der Vermissten passiert war, löste sich endlich auf. Doch andererseits mussten sie den Schock verarbeiten, auf welch unmenschliche Weise die junge Frau aus dem Leben geschieden war.

Einige Personen, mit denen sie sprechen wollten, hatten sie noch nicht treffen können, weil sie sich gerade nicht in der Stadt aufhielten. Darunter zwei Frauen: Carmen Fischer, eine frühere Freundin von Annalena Maruth, und Bert Steininger, ihr ehemaliger Chef. Hinzu waren ausführliche Unterredungen mit jenen Ermittlern gekommen, die vor vier Jahren den Vermisstenfall Maruth geleitet hatten. Viele Gespräche – allerdings keine Hinweise, die aufhorchen ließen. Rein gar nichts Neues oder Auffälliges.

Jetzt hielt Mara es in diesem trostlosen Raum wirklich nicht mehr aus. Sie brauchte einen Blick nach draußen, auf den Himmel, so grau und unfreundlich der auch sein mochte. Sie klappte den Laptop zu, nahm ihn unter den Arm und marschierte aus dem Zimmer.

Als sie einige Minuten später das Großraumbüro erreichte, das in einem anderen Teil des Präsidiums lag und das sie mit vier Kollegen teilte, pfiff sie überrascht durch die Zähne. »Sieh mal an, unser sterbenskranker Rosen.«

Er kauerte am Schreibtisch, das Gesicht so kränklich weiß, dass sein froschgrüner Rollkragenpullover gleich noch greller leuchtete.

»Zu Hause ist mir die Decke auf den Kopf gefallen.« Er trank laut schlürfend aus einer Tasse, von der Teeduft aufstieg. »Und außerdem müssen wir einen Schritt weiterkommen. Auch wenn wir in den zwei Tagen schon einiges an Informationen zusammengetragen haben.«

»Infos ja, Spuren nein.« Mara ließ sich in ihren Stuhl fallen. Sie musterte ihn. »So einsatzfreudig kenne ich dich gar nicht.«

Er machte eine säuerliche Miene. »Ich weiß doch, wie sehr dir Aktenrecherche aufs Gemüt schlägt.«

Sie schmunzelte. »Ich habe mich trotzdem schon durch einen wahren Aktendschungel durchgekämpft.«

»Und?«, fragte er gespannt.

Mara schloss ihren Laptop ans Stromkabel an. »Keinerlei Parallelen zu anderen Fällen, keine Querverbindungen, gar nichts.« Sie winkte ab. »Ich sage dir, wir haben es mit einem Einzeltäter zu tun. Und mit einer Einzeltat.«

»Ziemlich voreiliger Schluss.« Skeptisch zog er die Stirn in Falten. »Für mich sieht das alles nach einer typischen Serien…«

»Nee«, fiel sie ihm ruppiger als gewollt ins Wort. »Das war sein *großes Ding*. Vielleicht nicht sein letztes, aber …« Sie vollendete den Satz nicht.

»Sein großes Ding?«, wiederholte er noch skeptischer.

»Dann lass uns doch erst mal auf das schauen, was wir haben.«

»Also gut. Die bisherigen Informationen zum Opfer.« Rosen schlürfte noch einen weiteren Schluck und fuhr fort: »Annalena Maruth hat zum Zeitpunkt ihres Verschwindens als Kundenberaterin bei Peukert & Steininger gearbeitet. Das ist eine Werbeagentur, die vor einigen Monaten Insolvenz angemeldet hat und nicht mehr existiert. Annalena Maruth war in einem Fitnessstudio angemeldet und mochte Housemusic. Ihr Name in sozialen Medien lautete: *Princess AL*, und sie hat sich wohl auch spaßeshalber als *Princess* anreden lassen. Sie wird als lebenslustig und temperamentvoll geschildert, aber auch als verwöhnt und geschwätzig. Sie kokettierte anscheinend mit dem Image eines sogenannten It-Girls.« Er kratzte sich in seinem bereits schütter gewordenen hellen Haar. »Scheint mir eine eher kapriziöse junge Dame gewesen zu sein.«

»Kapriziös«, wiederholte Mara mit hochgezogener Augenbraue. »Gratulation zu deinem Wortschatz, Rosen.« Sie schüttelte den Kopf. »Also, nichts von dem, was ich über die Lady höre, beeindruckt mich sonderlich. Eben eines dieser dummen Dinger, die unbedingt ernst genommen werden wollen und gleichzeitig immer wieder kichern und mit den Augen rollen und herumjammern.« Sie schüttelte den Kopf. »Ein kleines Glitzermädchen.«

»Auch wenn du sie nicht magst, musst du …«

»Ich weiß, Rosen.« Maras Gesicht wurde ernst. »Ich hab in ihre toten Augen gesehen. Mach dir keine Sorgen, ich werde alles daransetzen, um ihren Mörder zu finden. Aber deshalb muss mir das, was wir über sie in Erfahrung bringen, nicht auf Teufel komm raus gefallen.«

»Schon gut.« Abwehrend hob er die Hand. »Zurück zu den Fakten. Annalena Maruth besaß einen überaus großen Bekanntenkreis.«

»Und möglicherweise auch Liebhaberkreis«, warf Mara ein.

»Was die Suche nach Verdächtigen nicht leichter macht.«

»Schon vor vier Jahren, ich hab's vorhin noch mal nachgelesen, konnten die Kollegen aus dieser Menge an Bekannten keinen einzigen Verdächtigen herausfiltern, der mit ihrem Verschwinden in Zusammenhang stehen könnte.«

»Vielleicht war sie ein Zufallsopfer«, mutmaßte Rosen.

»Zur falschen Zeit am falschen Ort. Oder ihr Äußeres hat den Täter an jemanden aus seinem Umfeld erinnert, und deshalb fiel die Wahl auf sie.«

»Nein, es ging um sie«, widersprach Mara mit entschiedenem Kopfschütteln. Sie beschrieb ihm das gemalte pinkfarbene Symbol auf der Tür des Schuppens und warf ihm einen vielsagenden Blick zu. »Das ist die Krone unserer kleinen Glitzer-Prinzessin.«

»Das ist durchaus denkbar«, gab er zu. »Aber ich finde es nicht gut, dass du dich so spöttisch über sie äußerst. Warum immer so negativ?«

Sie grinste. »Passt doch ganz gut. Denn du bist ja immer so positiv.«

»Okay. Dann fasse ich mal Annalenas Pluspunkte zusammen – und du die Minuspunkte.« Er ordnete seine Notizen. »Ihre Mutter sagt, sie war eine liebenswürdige, fröhliche, intelligente junge Frau.« Er räusperte sich. »Ihr Vater beschreibt sie als zauberhafte junge Dame, die noch so viel vorhatte und voller Pläne steckte. Freundinnen sagen, sie war einfach großartig und hat – da waren wir vorhin schon – auf charmante Art mit diesem Prinzessinnen-Image gespielt.«

»Dann kommen wir mal zur anderen Seite. Etwa zu Äußerungen von Kollegen, Kolleginnen und Leuten, die sie vom Studium kannten.« Mara blätterte in ihrem Notizblock. »Eine selbstverliebte, oberflächliche Zicke. Eine Tratschtante, die über jeden eine abfällige Bemerkung parat hatte. Sehr flirtfreudig. Aufdringlich oft in den sozialen Netzwerken präsent. Eine Vielzahl an Kontakten, mit denen sie sich ausgetauscht hat. Darunter etliche Personen, die sie wohl nie persönlich traf. Sie wäre gern eine Influencerin geworden, aber dafür hat es – wörtlich – eben nicht gereicht.«

»Alles in allem ziemlich gegensätzlich«, bemerkte Rosen grüblerisch. »Als ob wir es mit zwei Personen zu tun hätten»

Mara zuckte mit den Achseln. »Ach, die einen mochten sie und ihre Art, die anderen nicht. Ich denke, bei recht vielen Menschen käme so etwas heraus.« Sie zwinkerte ihm über die Schreibtische hinweg zu. »Na ja, bei mir wären die Negativäußerungen klar in der Überzahl.«

»Ich hätte nur lobende Worte für dich übrig.«

»Wer's glaubt.«

Rosen legte seine Notizen vor sich ab. »Und was machen wir jetzt?«

»Na was schon.« Sie grinste schmal. »Wir bleiben dran.«

In den nächsten beiden Tagen folgten weitere Befragungen von Personen, die im Kontakt mit Annalena Maruth gestanden hatten. Doch es war, als würden sie sich im Kreis drehen. Sie erhielten Bestätigungen jener Fakten, die sie schon kannten, allerdings ergab sich keine einzige konkrete Spur. Sie kamen einfach nicht voran.

Dunkelheit senkte sich über die Stadt, der dritte Tag ohne nennenswerte Fortschritte neigte sich dem Ende zu. Eine Befragung stand noch an. Rosen sah nach wie vor ziemlich geschwächt aus.

»Ab nach Hause mit dir«, sagte Mara zu ihm. »Du bist ja noch bleicher als ich. Und ich helfe mit Schminke nach.«

Ergeben nickte er und machte sich auf den Heimweg.

Gleich darauf fuhr Mara mit ihrem Alfa in den Stadtteil Sachsenhausen. In einer Bar wollte sie sich mit Carmen Fischer treffen, einer engen Freundin von Annalena Maruth. Für das berüchtigte Sachsenhäuser Nachtleben war es noch zu früh, sodass sich in der Bar keine anderen Gäste befanden. Die beiden Frauen saßen an einem Ecktisch, beide einen Rotwein vor sich. Im Hintergrund lief Jazzmusik.

Carmen Fischer war Ende zwanzig, hübsch, schick gekleidet. In der Woche zuvor hatte sie einen Urlaub auf Santorini eingelegt – der Grund dafür, dass das Treffen erst jetzt stattfinden konnte. Sie selbst hatte die Bar vorgeschlagen, und Mara war einverstanden gewesen.

»Sie waren diejenige, mit der Annalena Maruth an dem Nachmittag verabredet war, an dem sie verschwunden ist.«

Carmen Fischer nickte mit zusammengepressten Lippen. Auf ihr Gesicht fiel ein Schatten.

»Sie haben ihr absagen müssen, nicht wahr?«, fuhr Mara mit sachlicher Stimme fort.

Wieder ein Nicken, kaum merklich. »Sie glauben ja nicht, wie sehr mich das verfolgt.«

»Aber es ist nicht Ihre Schuld.«

»Schuld hin oder her, es ist trotzdem wie ein Fluch. Wäre ich damals wie verabredet mit ihr zusammen gewesen, hätte dieser Sonntagnachmittag einen ganz anderen Verlauf genommen.« Bekümmert sah sie vor sich hin. »Dann wäre Annalena noch am Leben.«

Oder wäre womöglich an einem anderen Nachmittag gestorben, dachte Mara. Zumindest wenn es jemand ganz gezielt auf sie abgesehen hatte.

»Frau Fischer, ist Ihnen im Nachhinein noch irgendetwas eingefallen, das wichtig sein könnte?«

»Nein, gar nichts.«

»Das Erinnerungsvermögen kann tückisch sein. Und im Rückblick, mit gewissem Abstand, erscheinen Dinge oft anders als zum Zeitpunkt eines Geschehens. Manchmal kommen uns scheinbare Nebensächlichkeiten erst viel später …«

Die Frau winkte beiläufig ab. »Sie können sicher sein, ich habe mir den Kopf mehr als einmal zerbrochen, ob ich etwas übersehen oder überhört haben könnte.« Sie spielte gedankenverloren mit ihrem Weinglas. »Aber nein – da ist einfach nichts.«

»Bei Ihrer Aussage von damals ist mir eine Bemerkung aufgefallen.« Mara überprüfte einige Notizen in ihrem Block. »Und zwar geht es dabei um einen Mann, den Sie nicht kannten, von dem Annalena Ihnen aber berichtet hatte. Was war mit ihm?«

»Hm.« Ein vorsichtiges Heben der Schultern. »Eigentlich hat Annalena mir immer alles erzählt. Sie hat das Herz auf der Zunge getragen.«

»Allerdings nicht in diesem Fall.«

»Andeutungen. Mehr kam nicht von ihr. Sie tat sehr geheimnisvoll, was diesen Typen betraf.«

»Andeutungen welcher Art?«

»Wie ich es damals schon gesagt habe. Stichwort Gangster. Meistens traf sich Annalena mit Männern, die sie durch den Job kennengelernt hatte.«

»Aber auch mit solchen, mit denen der Kontakt durch Onlinedating-Plattformen zustande kam. Richtig?«

»Das stimmt.«

»Hatte sie regelmäßig Dates?«

»Was heißt schon regelmäßig?«

»Ja oder nein? Was würden Sie sagen, Frau Fischer?«

»Ja. Regelmäßig.«

»Aber sie hatte keinen festen Freund, nicht wahr?«

»Nein, schon seit Längerem nicht mehr.«

»Und Freundinnen?«

Sie gingen gemeinsam eine Reihe von Namen durch, doch zu den meisten hatte Carmen Fischer nichts Neues zu sagen.

»Mit fast allen davon habe ich ohnehin schon gesprochen«, meinte Mara nachdenklich. »Was ist mit einer gewissen Liane Albrecht? Sie konnte ich nämlich noch nicht erreichen.«

»Ich kenne Liane. Allerdings kannte Annalena sie besser. Liane war eine Freundin oder zumindest Bekannte von ihr. Sie war an der Uni und jobbte als Bedienung in einem Café in Bockenheim. Ich glaube, sie ist zurzeit im Ausland.«

»Das deckt sich mit meinen Informationen. Offenbar setzt sie ihr Studium in Kanada fort.«

»Das kann sein.«

»Aber ich muss das noch genauer ...« Mara sah auf. »Sie können mir nicht mehr über sie sagen, oder?«

»Nein, leider nicht.«

»Zurück zu dem Gangster.«

Carmen hob kurz die Achseln. »Nun ja, ob er wirklich ein Krimineller war, weiß ich nicht. Aber sie hat Sprüche gemacht, die darauf schließen ließen. Rotlicht. Bad Boy. Nicht gerade der Bilderbuch-Schwiegersohntyp. Bonnie & Clyde – und ich bin Bonnie. Solche Sachen hat sie gesagt. Und dass er sie gebeten habe, nichts über ihn zu erzählen, und zwar niemandem. Na ja, nicht gebeten, sondern eher gedrängt oder gezwungen.«

Mara musterte sie intensiv. »Hat Annalena ihn oft getroffen?«

»Bestimmt sieben- oder achtmal.«

»Wie hat sie ihn kennengelernt?«

»Er hat sie in der Bahnhofsviertelnacht angequatscht. Sie war eigentlich schon auf dem Nachhauseweg, es war drei oder vier Uhr morgens, da stand er vor ihr. Er hat es geschafft, sie an einem der Stände auf einen Caipirinha einzuladen. Später hat sie mir davon erzählt.«

Die Bahnhofsviertelnacht war in der ganzen Stadt bekannt und beliebt, eine Art Straßenfest mit vielen Programmpunkten und Veranstaltungen.

»War Annalena oft im Bahnhofsviertel unterwegs?«

»Nicht oft, aber hin und wieder. Ich war auch manchmal dabei.«

Mara nickte. Sie wusste, dass das anrüchige Viertel für etliche unbescholtene Bürger eine wachsende Anziehungskraft besaß. Es war *in*, die dortigen Bars und Clubs aufzusuchen.

»Wie tief ging die Freundschaft oder Beziehung zwischen Annalena und dem unbekannten Mann?«

»Das kann ich Ihnen wirklich nicht sagen.«

»Frau Fischer, hat Annalena bei einer Plauderei etwas über seine Eigenschaften erwähnt? Stärken, Schwächen?«

»Nein, nicht, dass ich wüsste.«

»Und sein Äußeres? Hat sie ihn nie beschrieben?«

»Ich glaube, sie hat mal so was gesagt wie: exotisch in jeder Beziehung?«

»Wissen Sie noch etwas über ihn?« Mara betrachtete sie eindringlich. »Auch Kleinigkeiten können wichtig sein.«

»Nur dass sich Annalena immer in derselben Bar im Bahnhofsviertel mit ihm verabredet hat. Aber ich kenne nicht einmal den Namen der Bar.«

Nebenbei warf Mara wieder einen Blick in ihren Notizblock. »Und doch haben Sie in Ihrer früheren Aussage etwas von einem Barkeeper gesagt.«

»Weil Annalena ihn erwähnt hat.«

»Ach?« Mara horchte auf.

»Sie hat Witze über ihn gemacht.« Carmen Fischer nickte. »Aber in Wirklichkeit hat sie sich auch vor ihm gegruselt.«

»Gegruselt?«

»Hm, das ist vielleicht das falsche Wort. Aber er war eben aus einer ganz anderen Welt. Wohl so ein richtiger Unterweltknilch. Verbrechervisage. Zwei Narben. Auf der Wange und am Kinn.«

In diesem Moment klingelte Maras Handy. »Sorry«, murmelte sie. Das Display zeigte Jan Rosens Nummer an.

»Was gibt's, Rosen?«

Er hustete. »Äh, ich wollte nur fragen, wie das Gespräch gelaufen …«

»Ich bin noch mittendrin«, unterbrach sie ihn.

»Oh, ›tschuldige, ich dachte …«

»Trotzdem gut, dass du anrufst«, stoppte sie ihn erneut. »Ein Barkeeper im Bahnhofsviertel. Narben auf Wange und Kinn. Was sagt dir das?«

»Da fällt mir spontan jemand ein.«

»Mir auch.« Aus dem Augenwinkel beobachtete Mara, wie Carmen Fischer aufstand, um die Toilette aufzusuchen. »Die Frage ist, warum den Kollegen vor vier Jahren niemand eingefallen ist. Laut Akte konnte kein Mann ermittelt werden, auf den die Beschreibung passt.«

»Einfach zu beantworten: Weil dieser Barkeeper vor vier Jahren noch lange nicht so bekannt war im Viertel wie heutzutage – seine Strafakte ist erst in den letzten zwei Jahren bis in den Himmel gewachsen. Und damals ist die Spur wohl ganz einfach versiegt, bevor sie zu einer wurde.«

»Hm.« Mara überlegte. »Denkbar.«

»Ja, wie gesagt, er war früher nur eine winzige Nummer, kaum bekannt.«

Sie nippte an ihrem Glas. »Und plötzlich haben wir eine Spur, die vor vier Jahren niemand hatte.«

»Einen Anhaltspunkt, würde ich es nennen.«

Sie bemerkte, dass Carmen Fischer an den Tisch zurückkam.

»Nenn es, wie du willst, Rosen. Aber der Kerl mit den Narben kann nur einer sein.«

»Klar. Scarface.«

»Und den werden wir uns vorknöpfen.«

5

Das Aufheulen der Motoren, das Gelächter, die gelallten Gesänge der Betrunkenen, die Streitereien, das dumpfe Wummern der Elektromusik.

Chul Hong stand am Fenster und lauschte dem Lärm, den das Bahnhofsviertel ausstieß. Manchmal kam es ihm so vor, als wäre dieser Stadtteil ein mächtiges, Ehrfurcht einflößendes Wesen, brodelnd und stampfend, keuchend und unberechenbar. Vom fünften Stock aus betrachtete er das Gewimmel auf den Bürgersteigen und die langsam vorankommenden Autos. Es war das immer gleiche Bild.

Er schloss das Fenster und legte sich aufs Bett. Wieder überfiel ihn die Erinnerung an das Fischspiel. Genau wie vor dem Mord an dem Nordafrikaner.

Das Fischspiel war eine Art Aufnahmeritual. Einer der Bosse hielt einen lebenden Fisch in der Hand, der mit aufgeschnapptem Maul nach dem kleinen Finger des neuen Bandenmitglieds schnappte. Hin und wieder schaffte es das Tier, die Fingerspitze zu erfassen und fest zuzubeißen.

Hong hatte von Anfang an verstanden, dass das symbolisch zu sehen war: In dieser Branche gab es immer noch einen größeren Fisch, der dich verschlingen konnte. Es bedeutete: Lass dich nicht fressen, sondern friss die anderen.

Über zehn Jahre lag das zurück.

Chul Hong hatte sich nicht fressen lassen.

Er war am südlichen Zipfel von Südkorea aufgewachsen. Die Provinz Jeolla war bekannt für ihre gute Küche und dafür, dass die Einwohner gern unter sich blieben. Eine ländliche Gegend, Freundschaften waren hier sehr stark, sie hielten ein Leben lang. Wie zwischen Chul Hong und Yang Seungwo. Sie hatten sich beim Tuhospielen kennengelernt. Da musste man einen Holzstab wie einen Pfeil in einen Topf werfen. Was für eine harmlose Welt das doch gewesen war. Als Jugendliche besuchten sie das erste Mal das Abmabang, den Massagesalon. Und als junge Männer, gerade erst zu Mitgliedern der Bande geworden, zogen sie nach Seoul. Das war von nun an ihre Welt: Alkohol, Roulette, Sex, Geld.

Sie begannen als Dealer und Zuhälter. Keiner von ihnen wurde ein Boss, aber sie gehörten dazu, sie machten ihre Scheine. Verbrechen, danach Sex und Soju, der Reisschnaps. Sie ließen sich einen großen Drachen auf die Brust tätowieren, dessen Schwanz sich bis auf den Rücken schlängelte, das war ihr Erkennungszeichen.

Nach Seoul gingen beide nach Tokio, dann nach Deutschland. Yang blieb beim Dealen, Chul jedoch erledigte in Frankfurt seinen ersten Mordauftrag. Er wurde immer versierter darin: unauffälliger, effizienter, lautlos. Eine tödliche Waffe.

Nie hatte er eine Kugel abbekommen, nie einen Messerstich. Früher mal ein paar Faustschläge. Doch es gab ja Sojabohnenpaste, die man auf die Schwellungen schmieren konnte. Er behauptete sich. Er lebte, andere starben. So war das.

Ein leises Klopfen an der Tür holte ihn in die Gegenwart zurück. Er erhob sich vom Bett, öffnete und trat zur Seite, damit die Hure hereinkommen konnte. Sie hieß Eva. Sie gab sich servil, zurückhaltend. Das gefiel ihm.

Nachdem er abgeschlossen hatte, begann sie sich sofort auszuziehen, wobei er ihr aufmerksam zusah. Er mochte ihren Körper, jedoch noch mehr ihre Augen. Vor allem deswegen hatte er sie ausgewählt. Die Augen der Ladys in diesem Land waren größer als bei den Frauen seiner Heimat. Groß und rund. Darin konnte man sich verlieren. Er war verrückt nach diesen Augen, diesen Blicken.

Nein, Chul Hong hatte sich nicht fressen lassen. Er war derjenige, der fraß. Und doch gab es niemanden, ihn eingeschlossen, der keine Niederlagen einstecken musste.

Die Hure legte sich aufs Bett und musterte ihn aus diesen Augen, die ihn automatisch an eine andere Frau denken ließen. Diejenige, die ihm eine Niederlage beschert hatte. Eine Demütigung.

So viele Frauen existierten, so viele tauchten in seinem Leben auf, so viele hatte er genossen. Warum hatte ihn diese eine so fasziniert? Hatte sie etwas derart Einzigartiges besessen, dass sie über allen übrigen stand? Oder lag es einfach nur an der Tatsache, dass sie ihn letztlich abgewiesen hatte?

Er starrte die nackte Hure an, doch was er sah, war die andere Frau. Die Frau von damals. Ihre großen runden Augen.

6

Der Abend senkte sich herab, und Neonglitzer stach in allen möglichen Farbtönen in das matte Grauschwarz des Himmels. Ein schwacher Regen fiel. Wahre Massen an Menschen schoben sich durch die schmale Seitenstraße des Bahnhofsviertels. Laufhäuser, Fast Food, Shops mit Sexspielzeug. Am Ende der Straße führten fünf Stufen in eine enge Kellerkneipe mit ziemlich beängstigendem Ruf.

Mara Billinsky und Jan Rosen wechselten einen kurzen Blick, dann nahmen sie die Treppe nach unten und betraten das schäbige Loch. Schwache Beleuchtung, Poster mit nackten Frauen an den Wänden, hämmernde Elektro-Beats und fünf oder sechs Visagen, die ihnen mit misstrauischem Ausdruck entgegenstarrten.

Hinter dem schmalen, verschmierten Tresen stand der Barkeeper. Auch er musterte sie argwöhnisch. Schon auf die Entfernung von einigen Metern waren seine Narben zu erkennen, die zweifellos von Messerklingen stammten.

Sein naheliegender Spitzname lautete Scarface. Branko Buljan hieß er in Wirklichkeit. Immer wieder hatte er bei krummen Geschäften mitgemischt, war aber so mancher Haftstrafe entgangen, weil er der Polizei Spitzeldienste geleistet und mehr als einen Kollegen verpfiffen hatte. Eine zähe Ratte. Ein Widerling. Aber oft genug waren sie auf genau diese Sorte angewiesen.

Mara und Rosen stellten sich vor den Tresen. Buljan taxierte sie, ohne einen Ton zu äußern. Er war recht groß, schlank, sehnig. Die Ärmel seines Jeanshemdes waren abgeschnitten und offenbarten so eine schillernde Sammlung von Tattoos.

Mara blickte über die Schulter zu den anderen Typen, die wiederum sie nicht aus den Augen ließen. »Willst du hier mit uns quatschen, Buljan?«

»Am liebsten gar nicht«, gab er mit schmierigem Grinsen zurück.

»Also hier.«

»Nö.« Er trank einen Schluck Bier aus einem schlierigen Glas. »Wir treffen uns in zehn Minuten am …«

»Treffen?«, schnitt Mara ihm das Wort ab. »Vergiss es! Jetzt. Sofort.«

Er wägte ab. »Okay, dann kommt mit raus.«

Sie folgten ihm, während die Blicke ihnen folgten. Als er die letzte Stufe erreichte und die Straße betrat, rannte er sofort los.

Sie nahmen die Verfolgung auf.

Er versuchte mitten durchs Gewimmel zu entkommen, aber sie blieben dran. Unvermittelt flüchtete er durch den Eingang eines Bordells. Zwei Türsteher bauten sich vor Mara und Rosen auf, doch sie hielten bereits ihre Dienstausweise in den Händen und drängten sich an den beiden vorbei. Drinnen ließen sie die Ausweise verschwinden, zogen dafür die Waffen aus den Hüftholstern.

Das Trommeln von Buljans Schritten, der die Treppe hinaufstürmte, war nicht zu überhören, und erneut hefteten sie sich an seine Fersen, zwischen kreischenden Huren und entgeistert glotzenden Freiern hindurch. Gerüche von billigem Parfüm, Schweiß, Desinfektionsmitteln und Latexklamotten strömten auf sie ein.

Im Flur des ersten Stocks konnten sie gerade noch sehen, wie Buljan sich in eines der vielen Zimmer schob.

Rosen hielt inne, doch Mara rannte weiter, und im nächsten Moment hörte sie Buljans Stimme: »Bullen! Haltet sie auf!«

Hinein ins Zimmer, die Waffe schussbereit. Geistesgegenwärtig gelang es ihr, einem Schlag auszuweichen. Doch da war noch ein zweiter Mann, dem sie rasch zwischen die Beine trat, sodass er zusammenklappte, während sie dem ersten die Pistole vor die Nase hielt, die mindestens zweimal gebrochen gewesen sein musste.

Ein starker Luftzug erwischte sie, das Fenster stand offen. Rosen betrat den Raum, vorsichtig, langsam, die Waffe im Anschlag.

»In Schach halten!«, rief Mara ihm zu.

Er tat sofort, was sie verlangte, und die beiden Typen nahmen die Hände hoch.

Mara eilte ans Fenster und entdeckte Branko Buljan, der über den Hinterhof rannte. Sie glitt über die Fensterbank, sprang nach unten und federte vom Dach eines Minivans auf den Asphalt. Buljan erreichte gerade die Hofausfahrt. Mara riss die Waffe nach oben und schoss in die Luft. Der Knall zerfetzte die dumpfe Stille.

»Stehen bleiben!« Ihre Stimme erhob sich laut über den Hof.

Und endlich – Branko Buljan stoppte.

Sie sah rasch zurück nach oben, wo Rosen sich aus dem Fenster schob, vorsichtig wie immer, den Blick und die Pistole ins Innere des Zimmers gerichtet, dann sprang auch er auf den Van und von dort auf den Boden.

Wieder blickte sie hinauf. Die beiden Männer erschienen am Fenster, machten aber keine Anstalten, irgendetwas zu unternehmen.

Nebeneinander gingen Mara und Rosen auf Buljan zu. Der Regen hatte aufgehört, doch die Luft war noch feucht und kalt. Mara bewachte Buljan mit vorgehaltener Waffe, während Rosen ihn abtastete. Keine Waffen. Rosen drehte ihm die Arme auf den Rücken und legte ihm Handschellen an.

»Wir nehmen ihn mit ins Präsidium und verhören ihn da«, sagte Rosen.

Ansatzlos versetzte Mara Buljan einen leichten Tritt ins Kreuz. Weil er sich nicht abstützen konnte, prallte er auf eine große Mülltonne auf Rollen.

»Hey!«, beschwerte er sich lautstark.

»Billinsky, ich glaube nicht, dass das nötig ist«, sagte Rosen gepresst. Ihm gefiel so etwas nicht im Geringsten.

»Lass uns gleich hier mit dem Idioten reden«, sagte Mara, ohne auf Rosens Protest zu achten. Sie drehte sich um und machte ein eindeutiges Handzeichen in Richtung der Männer, die nach wie vor am Fenster standen. Die beiden fügten sich und zogen sich ins Innere zurück.

»So, jetzt sind wir unter uns, Branko.« Mara packte ihn an der Schulter und wirbelte ihn zu sich herum.

»Was wollt ihr von mir? Ich bin sauber«, zischte er.

Aus den Augenwinkeln nahm Mara wahr, dass Rosen die Lippen hart aufeinanderpresste. Er wusste nicht, was sie vorhatte, und sie merkte, wie unruhig er wurde. Sie ließ ihr Schweigen für sich arbeiten. Stille zerrte oftmals stärker an den Nerven als Drohungen oder Fragen.

Branko Buljan schnaufte. Die Kälte ließ die Haut seiner Arme rosig werden, zumindest an den wenigen Stellen, wo sich keine Tattoos befanden.

»Umdrehen, Branko!«, wies Mara ihn nach einer ganzen Weile an.

Er gehorchte und stand mit gesenktem Kopf vor ihnen.

»Du weißt ja«, fuhr sie fort, »wenn wir uns erst mal an dir festbeißen, kann es lange dauern, bis du uns wieder loswirst.«

»Aber ich bin doch auf eurer Seite ...«

»Nein, bist du nicht. Du gibst uns nur ab und zu einen Tipp – und auch bloß dann, wenn es eng für dich wird. Das ist alles.«

»Ich hab nichts getan.«

»Deswegen bist du auch losgerannt wie von der Tarantel gestochen«, gab Mara trocken zurück, während sie die Pistole im Holster verschwinden ließ.

»Ich hab nichts getan«, wiederholte er, doch in seine Stimme hatte sich Unsicherheit geschlichen.

Rosen steckte ebenfalls seine Dienstwaffe weg und trat ganz nahe an Mara heran, um ihr leise ins Ohr zu flüstern: »Mach keinen Quatsch, Billinsky, lass uns mit offenen Karten spielen. Er weiß ja noch gar nicht, was wir ...«

Mara stieß ihn sanft, aber bestimmt weg und brachte ihn damit zum Schweigen. Weiterhin achtete sie nur auf Buljan. »Branko, es ist doch ganz einfach. Je schneller du redest, desto schneller bist du uns wieder los.«

»Ich hab nichts getan«, sagte er zum dritten Mal.

»Gut, Branko, du hast deine Scheiß-Chance gehabt. Wir nehmen dich mit und werden dir die nächsten Tage mal so richtig auf den Nerven rumtrampeln.«

»Fuck!«, brach es aus ihm heraus. »Ich habe den Stoff nicht vertickt.«

»Na klar, du bist ein echtes Unschuldslamm.« Mara lachte. »Also, Branko, wenn du es nicht warst, wer dann?« Ohne dass er es bemerkte, zwinkerte sie grinsend Rosen zu.

»Wirklich, ich habe mit dem Stoff nichts zu tun«, beteuerte Buljan. Noch immer hielt er das Kinn gesenkt. »Ich weiß nur, dass bei uns in der Bar ab und zu was gelagert wird.«

»Wer lagert, Branko?«

Es dauerte, bis er murmelnd antwortete: »Einer der anderen Barkeeper. Ich jedenfalls nicht, ich habe den Stoff nicht mal mit der Fingerspitze angefasst. Und ich gehe ganz bestimmt nicht wieder in den Knast.«

»Ach, erzähl keinen Mist. Du hängst mit drin.«

»Nein, diesmal nicht, ich schwöre es.«

»Die Drogen«, hakte sie unbeirrt nach. »Wer liefert sie in die Bar?«

»Ich weiß es nicht.«

»Und wer holt sie ab?«

»Ich weiß es nicht.«

Er kaute auf seiner Unterlippe herum.

Rosen starrte sie von der Seite an. *Worauf willst du hinaus?*, schien sein Blick zu besagen.

Doch erneut beachtete Mara ihn nicht. »Branko, wenn wir dich wegen Dealen drankriegen, bist du echt am Arsch. Da nützen dir auch deine Spitzeldienste nichts mehr.«

»Ich verticke nichts!«, kreischte er auf einmal. Seine Stimme hing heiser in dem Hof.

»Branko«, sagte Mara nur. Mehr nicht. Sie sah ihn an, und sie wusste, wie beunruhigend ihre schwarzen Augen, ihr ganzes Auftreten wirken konnte. Was ihr innerhalb der Polizei oft hinderlich war, half manchmal draußen auf der Straße. »Weißt du, mir ist es scheißegal, wen wir für die Drogengeschichten einbuchten. Diesmal bist es eben du.«

»Ihr Schweine«, stieß er hervor.

»Okay, jetzt nehmen wir dich mit. Schau noch mal kurz zu dem Puff und genieß den Anblick. Wird ein paar Jährchen dauern, bis du wieder eine Frau zu Gesicht bekommst.«

»Das könnt ihr nicht machen.«

Sie griff in die Innentasche ihrer Jacke und hielt ihm

wortlos das Foto von Annalena Maruth vors Gesicht. Einen langen Moment betrachtete er völlig verwirrt das Bild der jungen Frau.

Mara fand, es gab kaum etwas Wirkungsvolleres als einen vollkommen unvorhersehbaren Kurswechsel.

»Was soll das?«, fragte er unsicher.

Ihre einzige Erwiderung war ein spöttisches Grinsen.

»Kenne ich nicht, die Kleine«, sagte er dann in vorsichtigem Tonfall.

Sie steckte die Aufnahme wieder weg. »Ganz falsche Abzweigung, Buljan.« Ihr Grinsen blieb. »Wir wissen bereits, dass du sie kanntest.«

»Kanntest?«, wiederholte er, sichtlich wachsam geworden.

»Es geht eigentlich gar nicht um sie.«

Er erwiderte nichts. Trotz der Kälte hatte sich Schweiß auf seiner Stirn gebildet.

»Na ja, vielleicht vergessen wir, dass du bis zum Hals in den Drogengeschäften steckst. Und kümmern uns nur um deinen Barkeeperkollegen.«

Er glotzte von Mara zu Rosen und wieder zu Mara. »Okay, lasst uns reden.«

»Genau, Branko, lasst uns reden. Sie war Gast in eurer Drecksbar, richtig?«

Ein Schweißtropfen plumpste von seiner Nasenspitze. Er nickte zögerlich. »Aber das ist schon lange her.«

»War sie ein Stammgast?«

»Das nicht. Aber sie ist aufgefallen. Weil sie nicht so recht da reingepasst hat.«

»Kam sie allein?«

Seine Antwort erfolgte nun schneller, offener: »Ja. Jedes Mal.«

Der entscheidende Moment war da. »Aber sie blieb nicht allein, stimmt's?«

»Na ja, ich weiß es nicht mehr …«

»Stopp, Branko, es lief doch gerade so gut. Also: Sie blieb nicht allein, oder?«

»Nein.«

»Mit wem hat sie sich bei euch getroffen?«

Plötzlich versteifte sich seine Haltung. Er sah weg, überlegte, stierte dann zu Mara. Offensichtlich hatte er seine Schlüsse gezogen.

»Mit wem, Branko?«

»Ich weiß nicht.« Er starrte auf seine Schuhspitzen.

»Doch, du weißt es«, sagte Mara hart. Er machte dicht, sie spürte es. Und das so kurz vor dem Ziel.

»Nein, ich habe keine Ahnung«, murmelte er.

Scheiße!, dachte sie, *ich hatte ihn doch fast so weit.*

»Branko, soll das Spiel wieder von vorn anfangen?«

»Hört zu, ich kann euch nicht sagen, mit wem sie sich getroffen hat.« Er schüttelte wild den Kopf. »Wirklich nicht. Da könnte ich mir auch gleich eine Kugel durch den Schädel jagen.«

»Mit wem hat sie sich getroffen, Branko? Einem Drogendealer?«

Wieder sein Kopfschütteln, diesmal nur ganz leicht.

»Also kein Dealer?«

»Nein.«

»Ein Deutscher?«

»Dazu sage ich nichts.«

Mara fluchte. »Dann vergiss den ganzen Scheiß. Wir müssen dich mitnehmen. Und dir jedes Gramm Stoff ans Bein kleben, das wir in deiner Mist-Bar finden.«

Er sah sie an, jedoch nur kurz. »Zu diesem Typ werde ich nichts sagen. Das ist ein Mann, über den man nicht redet.«

Mara fluchte erneut. »Dann gib mir wenigstens ein Stichwort.«

»Nein.«

»Wenn er kein Dealer ist – ist er etwa ein Killer?«

Stille. Keine Antwort.

»Das Stichwort, Branko«, drängte Mara.

Ein verzweifeltes, hilfloses Grinsen zeigte sich auf seinem Gesicht. »Okay, ein Stichwort könnt ihr von mir haben.«

»Raus mit der Sprache!«

»Zigaretten.«

Mara hob eine Augenbraue. »Das soll das Stichwort sein?«

»Zigaretten. Mehr sage ich nicht.« Er spuckte aus. »Mehr kriegt ihr nicht aus mir raus. Schluss. Aus. Basta!«

7

Eine monströse Welle aus grauen Wolken zeichnete sich scharf vor dem nachtschwarzen Horizont ab und rollte auf die Stadt zu. Kein Mond, keine Sterne. Erste Windböen klatschten an die Fenster des Großraumbüros, das sich fast geleert hatte.

Nur Billinsky und Rosen saßen noch an ihren Schreibtischen, jeder von ihnen mit verdrossenem Gesicht. Außer dem Grollen des sich anbahnenden Unwetters herrschte Stille. Die Deckenleuchten waren ausgeschaltet, Licht kam nur von den Tischlampen und dem Flackern der Laptopmonitore.

Knappe vierundzwanzig Stunden waren vergangen, seit sie Branko Buljan in dem schäbigen Hinterhof gegenübergestanden waren.

»Du hast ihn fast gekriegt, unseren Scarface«, sagte Rosen. »Aber eben nur fast.«

Mara nickte zerknirscht. »Ich hatte das Gefühl, es fehlt nicht mehr viel. Und dann hält er auf einmal die Klappe.«

Den ganzen Tag über hatten sie ihn sich vorgenommen, immer wieder dieselben Fragen gestellt, doch seit Branko Buljan das Stichwort Zigaretten ausgespuckt hatte, war praktisch kein Ton mehr über seine Lippen gekommen.

»Anfangs hatte er mächtig Schiss davor, dass wir ihn wegen der Drogen drankriegen«, fuhr Mara fort. »Aber dann hat er noch mehr Schiss bekommen, als wir den Mann erwähnt haben, mit dem Annalena Maruth sich getroffen hat.« Sie verzog den Mund. »Und das gefällt mir gar nicht.«

Regen prasselte an die Scheiben, es war noch dunkler geworden.

»Immerhin hat unser Ausflug ins Bahnhofsviertel den Kollegen etwas gebracht«, meinte Rosen.

Mara nickte. »Ich habe vorhin die Jungs vom Drogendezernat über alles informiert, was in dieser Bar vor sich geht. Sie werden sich Buljan morgen vorknöpfen und entscheiden, was sie mit ihm und seiner halbgaren Drogenstory anfangen.«

»Das ist jetzt nicht mehr unser Bier.« Er zog die Stirn in Falten. »Nicht, dass ich dein Vorgehen immer gutheiße …«

»Ach?«, warf sie ironisch ein.

»Aber Scarface hast du quasi von allein in die Falle tappen lassen. Nicht schlecht.«

»Nur dass wir trotzdem mal wieder in einer Sackgasse stehen. Zigaretten! Ach du Scheiße. Zuerst dachte ich, er will uns verarschen, aber dann …« Mara schüttelte den Kopf. »Hm, ich komme immer mehr zu dem Schluss, dass er es ernst gemeint hat.« Sie sah Rosen an. »Übrigens, was hat Klimmt gesagt, als du das Stichwort Zigaretten erwähnt hast?«

Er winkte ab. »Irgendwas gebrummt hat er – wie immer.«

Maras Bürotelefon klingelte. Verwundert über die Uhrzeit hob sie kurz eine Augenbraue und nahm ab. »Billinsky. Hallo!«

»Guten Abend. Hier ist Bert Steininger.«

Mara musste nicht lange überlegen. Das war einer der beiden Geschäftsführer von Peukert & Steininger, der Pleite-Werbeagentur, die Annalena Maruth beschäftigt hatte.

»Entschuldigung, dass ich so spät anrufe«, sagte Herr Steininger, ein resolut klingender Mann in den Fünfzigern, wie Mara schätzte. »Aber ich bin vorhin erst aus Südfrankreich zurückgekommen und habe gesehen, dass Sie mir mehrmals aufs Band gesprochen haben.«

»Kein Problem, die Uhrzeit. Danke für den Rückruf.«

Anders als Carmen Fischer war Bert Steininger nicht zu einem Kurzurlaub aufgebrochen. Er besaß ein Ferienhaus in der Nähe von St. Remy und verbrachte dort wohl immer wieder längere Abschnitte des Jahres.

»Ich müsste Ihnen einige Fragen stellen«, fuhr Mara fort. »Es geht um ...«

»Annalena Maruth«, kam es sofort von dem Anrufer. »Ich habe es durch Alex Peukert erfahren, meinen ehemaligen Geschäftspartner. Mit ihm haben Sie ja bereits gesprochen. Allerdings weiß ich nicht, ob ich mehr Informationen für Sie habe als er.«

»Das wird sich zeigen. Wann können wir uns sehen?«

»Hm, morgen bin ich von früh bis spät in Wiesbaden unterwegs. Aber in den Tagen danach werde ich in der Agentur sein. Kommen Sie einfach vorbei.«

»Ich dachte, die Agentur gibt es nicht mehr.«

»Das trifft auch zu. Die Räumlichkeiten stehen uns allerdings noch bis Ende des Jahres zur Verfügung, und ich habe mir angewöhnt, meine gesamte Büroarbeit dort zu erledigen und nicht zu Hause. Hier schiebe ich es immer nur vor mir her, und es gibt noch einiges abzuwickeln. Bis zum 31. Dezember müssen Alex und ich die Schlüssel abgeben – erst dann ist dieses Kapitel abgeschlossen.«

Nachdem Mara mit Steininger einen Termin abgemacht hatte, beendete sie das Gespräch.

Sie diskutierte noch eine ganze Weile mit Rosen über den Fall. Mittlerweile war es fast elf Uhr. Das Unwetter hatte deutlich an Kraft eingebüßt, ein letzter schwacher

Regen ergoss sich über der Stadt. Mara und Rosen verfielen wieder in Schweigen, jeder von ihnen starrte mal auf den Laptop, mal auf die eigenen Notizen.

Plötzlich stand Klimmt im Büro.

»Wir wussten gar nicht, dass Sie noch da sind«, sagte Rosen zu ihm.

Ihr Chef wirkte alt, müde, abgekämpft. Wie so häufig in letzter Zeit.

»Ich kann das nicht mehr, diesen Scheiß«, knurrte er auf seine typische Art. »Scheiß-Überstunden, Scheiß-Diskussionen mit der Staatsanwaltschaft, Scheiß-Anrufe von Scheiß-Journalisten.« Schwerfällig ließ er sich auf einen der freien Stühle fallen. »Übrigens, wird der Schuppen in dem Industriegebiet noch überwacht?«

»Klar.« Mara nickte. »Aber die Story von den gefundenen Leichenteilen ist inzwischen quer durch den Pressewald weitergereicht worden.«

»Das war einfach nicht zu verhindern«, murmelte Klimmt.

»Deshalb mache ich mir auch keine Hoffnungen, dass sich der Mörder noch mal dort blicken lassen wird.«

Ein ironisches Grinsen umspielte auf einmal Klimmts Lippen. »Na, seid ihr mit den Zigaretten weitergekommen?«

»Ist Ihnen etwa doch noch etwas eingefallen?«, fragte Mara.

»Manchmal ist es eben hilfreich, ein alter, erfahrener Sack zu sein.« Der Hauptkommissar gähnte ausgiebig. »Ich wollte eigentlich gerade nach Hause gehen, als es geklingelt hat. Also, hier oben, in der Birne.« Er tippte sich mit dem Finger an die Schläfe. »Und dann habe ich hier und da angerufen, ein bisschen in den Datenbanken gestöbert. Zigaretten. Na klar. Vor etwa sieben, acht Jahren war das nämlich ein Riesengeschäft. Besonders an eine große bundesweite Aktion kann ich mich erinnern. Es wurden fast zwanzig Wohnungen durchsucht. Im Ruhrgebiet, in Baden-Württemberg und bei uns in Frankfurt. Viele Festnahmen. Den Beschuldigten wurde vorgeworfen, rund hundert Millionen unversteuerte Zigaretten geschmuggelt zu haben. Insgesamt stellten die Fahnder mehr als vierzig Millionen Zigaretten sicher. Der Steuerschaden belief sich auf annähernd zwanzig Millionen Euro.« Wieder gähnte er. »Kurz darauf erfolgten noch mal Sicherstellungen von knapp zwanzig Millionen unversteuerter Zigaretten. Es gab Schätzungen, dass jede fünfte Zigarette eine geschmuggelte war. Allein im Jahr 2008 wurden rund dreiundzwanzig Milliarden Zigaretten am Fiskus vorbeigequalmt. Und erst so kam heraus, dass es einen regelrechten Krieg um die Vorherrschaft im Kippenbusiness gegeben hatte. Vietnamesen gegen Südkoreaner.«

»Wer hat gewonnen?«, warf Amra ein.

»Die Südkoreaner. Und am Ende – wie gesagt – dann doch wir. Mit den Festnahmen vieler Hintermänner und den Beschlagnahmungen war das Geschäft bald am Ende. Daraus folgte der bisher größte Prozess um die Bandenkriege der Zigarettenmafia. Ein südkoreanischer Boss und zwei seiner Leute wurden zu lebenslanger Haft verurteilt: wegen zwölffachen Mordes. Einige der Bande allerdings konnten nicht gefasst werden, nicht mehr als eine Handvoll. Die treiben sich seither bei uns herum, vor allem im Bahnhofsviertel. Und ihre Arbeit ist gefragt.« Er machte eine vielsagende Geste. »Sie wurden sozusagen zu kleinen Subunternehmern für die anderen organisierten Gruppen. Für Russen, Albaner, Kroaten. Sie verticken Crystal Meth.« Bedeutungsvoll fügte er hinzu: »Und mindestens einer von ihnen hat den Ruf eines erstklassigen Auftragskillers.«

»Wie heißt der Mann?«, fragte Rosen.

»Das wissen wir nicht. Er ist wie ein Gespenst. Ohne Gesicht, ohne Namen.

Wir konnten ihm nie etwas nachweisen, aber durch unsere Spitzel haben wir immer mal wieder von ihm gehört.«

»Ich noch nicht«, sagte Mara grüblerisch.

»Das wundert mich gar nicht«, winkte Klimmt ab. »Diese Südkoreaner sind clevere Jungs. Halten sich zurück, nehmen sich längere Auszeiten, tauchen gern mal völlig ab. Sie geistern hier und da durch unsere Akten, aber etwas Konkretes konnten wir ihnen nie zur Last legen.«

Mara stand auf und stellte sich ans Fenster, das mit zahllosen funkelnden Regentropfen übersät war. »Sie meinen also, das Stichwort unseres Freundes Branko Buljan bezieht sich auf die südkoreanischen Geister.«

»Und ob ich das meine. Als ich erst mal den Zusammenhang gesehen hatte, war ich mir sofort sicher.«

»Dann müssen wir unsere Glitzer-Prinzessin Annalena mit einem Auftragskiller in Verbindung bringen.« Mara drehte sich wieder zu Klimmt und Rosen um. »Hm, das klingt ja nach einer explosiven Romanze.«

8

Häufiger als sonst strömten die Erinnerungen auf Chul Hong ein. Woran auch immer das liegen mochte.

Du wirst wohl älter, sagte er sich mit dem grimmigen Humor, der ihn sein Leben lang begleitet hatte. Immerhin war es in seiner Branche etwas Besonderes, wenn man ein gewisses Alter erreichte. Moment mal, er war gerade dreißig. Warum fühlte er sich nicht so jung, wie er war?

Er wusste es nicht. Und er wollte auch nicht mehr darüber nachdenken, sondern gab sich erneut den Erinnerungen hin, diesen willkürlich irgendwo in seinem Kopf aufblitzenden Bildern. Das Fischspiel, bei dem der Fisch in Hongs kleinen Finger biss. Die ersten Diebstähle. Die ersten Besäufnisse mit seinem Freund Yang Seungwo. Und dann Tokio. Was für eine Stadt! Offiziell war Prostitution dort verboten, doch wenn man wusste, wo man in der Innenstadt abbiegen musste, dann war man auf einmal von Rotlicht umgeben. Halb nackte Frauen in Schaufenstern. Das war die Schattenwelt. Und er hatte immer in der Schattenwelt gelebt.

In Tokio hatte er seine Liebe für das weibliche Geschlecht entdeckt. Er konnte gar nicht genug von den Huren bekommen. Obwohl Liebe natürlich kein Wort war, das er benutzte. Nur einmal – ein einziges Mal – hatte es ihn erwischt. Später, hier in Deutschland. Die junge Frau mit den großen Augen, die nichts mit der Schattenwelt zu tun hatte. Er hatte sie bei einem Straßenfest angequatscht, mitten im Bahnhofsviertel. Die Augen. Sie hatten ihn praktisch gezwungen, sich ihr zu nähern. So zu tun, als wäre er ein netter, ganz gewöhnlicher Kerl. Aber das war er nicht. Und sie fand es heraus. Oder er hatte es ihr offenbart oder ein wenig von beidem.

Heute wäre es ihm lieber gewesen, er wäre ihr nie begegnet.

Heute war sowieso einiges anders. Keine Drogen mehr, deutlich weniger Alkohol – es war überlebenswichtig, einen klaren Kopf zu behalten, mehr noch als früher.

Nur die Droge Sex gönnte er sich noch. Von Frauen konnte er nicht genug bekommen, von ihrem Fleisch, von ihrer weichen Haut. Und wieder dachte er an die eine, die ihn letztlich abgewiesen hatte. Sein Blick verfinsterte sich, er spürte es. Denk an etwas anders, befahl er sich.

Es half, dass in diesem Moment sein Handy klingelte. Kein Smartphone, ein Billigding, prepaid. Er besorgte sich am Ende jeder Woche ein neues dieser Handys, das alte zerstörte er. Das war umständlich, aber in der digitalen Welt hinterließ man sehr schnell Spuren; es war wichtig, ganz besonders achtsam zu sein. Nur drei andere Personen besaßen die Nummer, die dazu gehörte.

»Was ist los?«, fragte er in seiner Heimatsprache.

»Eine komische Sache«, ertönte Yang Seungwos Stimme. »Da erkundigt sich jemand nach dir.«

»Wer?«

»Bullen.«

Hong stutzte. »Wieso das denn?«

»Es geht um die Kleine, auf die du vor ein paar Jahren so scharf warst. Bei der ich dir geraten habe, die Finger von ihr zu lassen.«

Er erwiderte nichts.

»Du weißt schon, die Kleine, die verschwand.«

9

Seit dem nächtlichen Gespräch mit Hauptkommissar Klimmt waren knappe achtundvierzig Stunden vergangen.

Zwei zähe, mühsame Tage.

Immer wieder waren Mara Billinsky und Jan Rosen durchs Bahnhofsviertel gestreift, um mögliche Zeugen aufzutreiben, die jemanden von der südkoreanischen Bande gesehen hatten. Sie hatten Augen und Ohren offen gehalten, sie hatten Spitzel aufgespürt, um Fragen zu stellen. Nur ein Hinweis schien einigermaßen vielversprechend zu sein.

Auch jetzt, als sich der Abend über die Stadt senkte und sich ein weiteres herbstliches Unwetter zusammenbraute, hielten sie sich im Viertel auf. Der Duft von gegrilltem Hammelfleisch, Knoblauch und Gewürzen hüllte sie ein. Sie standen in einer Dönerbude, direkt am Fenster, waren jedoch nicht auf das gefüllte Fladenbrot konzentriert, das sie in den Händen hielten, sondern auf das kleine unscheinbare Café auf der gegenüberliegenden Straßenseite.

Obwohl sie sich hier am Rande des Bahnhofsviertels befanden, passierten unzählige Leute die Scheibe und nahmen ihnen hin und wieder die Sicht. Mara hasste es zu warten; das war der Teil ihres Jobs, der ihr am meisten auf die Nerven ging.

Zeit, die stillstand – und die seltsamerweise trotzdem zu schnell zu vergehen schien, nutzlos, wertlos.

Seit Stunden trieben sie sich bereits wieder in diesen

Straßen herum. Mal schlenderten sie die Bürgersteige entlang, mal saßen sie im geparkten Alfa. Nach wie vor war nichts von denen zu entdecken, auf die sie es abgesehen hatten, dabei kamen die angeblich in regelmäßigen Abständen in dem Café zusammen. Das zumindest behauptete einer jener Spitzel, an die sie durch Klimmt geraten waren. Der Hauptkommissar verfügte über ein recht großes Netz an Informanten; einige davon schienen sogar halbwegs vertrauenswürdig zu sein. Außerdem hatten sie Beschreibungen der Südkoreaner erhalten, die allerdings eher vage ausfielen.

»Ich glaube, wir können aufgeben«, sagte Rosen nach dem letzten Bissen seines Döners. »Zumindest für heute. Da wird sich nichts mehr tun.«

Mara spähte zum Café. »Lass mich noch einen Mokka nehmen, dann hauen wir ab, okay?«

»Wir erhoffen uns sowieso zu viel davon.« Rosen hatte seine skeptische Miene aufgesetzt. »Annalena Maruths geheimnisvoller Lover. Das Stichwort Zigaretten. Die Südkoreaner. Wenn man ehrlich ist – das ist dünner als dünn, das ist gar nix.«

»Mehr haben wir nun mal nicht.« Mara dachte an die Worte, die Carmen Fischer in Bezug auf diesen Lover gebraucht hatte: exotisch in jeder Beziehung. Passte das nicht ganz gut auf einen südkoreanischen Gangster? Vielleicht war ja doch etwas dran.

Sie hatte gerade an ihrem Mokka genippt, als auf der anderen Straßenseite drei Männer auftauchten, die auf das Café zuschlenderten.

Schlanke, drahtige, sich geschmeidig fortbewegende Asiaten in unauffälligen, aber eleganten Anzügen und Mänteln. Sie waren schwarzhaarig, glatt rasiert und trugen Sonnenbrillen – trotz der Dunkelheit. Schweigend, wachsam bewegten sie sich auf ihr Ziel zu. Männer, die erst auf den zweiten Blick anders wirkten als die übrigen Passanten.

»Schau mal einer an«, sagte Mara leise.

Sie merkte, dass Rosen sofort nervös wurde. Ihr erging es zwar auch so, doch bei ihm war es mehr als das. Rote Flecken bildeten sich auf seinen Wangen, Schweiß trat auf seine Stirn. Mit fahrigen Fingern begann er, an seiner Jacke und der Wollmütze herumzunesteln.

»Damit hast du wohl nicht gerechnet, was?«

»Vielleicht sind es ganz harmlose …« Er verstummte.

Nein, diese Männer strahlten etwas aus, das alles andere als harmlos war.

»Wir müssen vorsichtig sein, Rosen. Eventuell hat es sich ja rumgesprochen, dass wir Branko Buljan auf den Zahn gefühlt haben, und die Südkoreaner sind vorgewarnt.«

Rosen machte große Augen. »Das wäre aber schnell gegangen.«

»Du kennst doch das Viertel. Ein Dorf, wenn es darum geht, Infos weiterzugeben, die uns das Leben schwer machen.«

Sie machte sich zum Aufbruch bereit.

»Wir sollten nicht allein dort reinmarschieren«, gab Rosen zu bedenken.

»Rosen, mir ist schon klar, dass du am liebsten mit einer ganzen SEK-Truppe einfallen würdest, aber …«

»Nun übertreib nicht gleich«, unterbrach er sie eingeschnappt. »Ich finde nur, dass man nicht einfach …«

»Rosen«, fiel sie nun ihm in Wort. »Wir wissen nicht einmal, ob die drei Männer zu den Südkoreanern gehören, auf die uns Branko gebracht hat. Im Grunde haben wir nichts in der Hand, du sagst es ja selbst. Deshalb müssen wir da drüben mal auf den Busch klopfen und ein paar warme Worte mit den Jungs wechseln. Erst dann können wir wissen, ob Branko Buljans Hinweise in eine Sackgasse führen oder uns doch einen Schritt weiterbringen.«

Sie ließ ihm keine Zeit für eine Erwiderung, sondern ging nach draußen, und er folgte ihr auf seine übliche zögerliche Art, die ihr manchmal den letzten Nerv raubte. Beim Überqueren der Straße griff sie unauffällig nach hinten zum Hüftholster, um ihre Dienstwaffe zu entsichern.

Rosen hatte sie eingeholt und tat es ihr gleich. Bei einem raschen Blick zur Seite stellte sie fest, dass die Flecken in seinem angespannten Gesicht noch zahlreicher geworden waren.

Sie betraten das Café, Mara einen halben Schritt vor ihm.

Einfache, in die Jahre gekommene, schmucklose Einrichtung. Fast keine Gäste. An der einen Wand zwei altmodische Glücksspielautomaten. Leise dudelnde Hintergrundmusik. An einem Tisch in der Ecke saßen die drei Asiaten, die sofort auf sie aufmerksam wurden und schlagartig ihre Unterhaltung unterbrachen.

Ein Moment sonderbarer Bewegungslosigkeit entstand, als würde die gesamte Szenerie auf unerklärliche Weise erstarren.

Dann kam urplötzlich Leben in die drei Fremden. Fast synchron sprangen sie auf, ansatzlos, ohne auf ein gegenseitiges Zeichen zu reagieren. Sie rissen Waffen aus ihren Jackentaschen.

Mara warf sich auf die Knie und zog die Pistole aus dem Holster. Schüsse peitschten auf. Ein Projektil zischte so knapp über ihre Haare hinweg, dass sie glaubte, es spüren zu können. Sie hielt die Waffe tief, zielte, schoss. Im nächsten Moment sah sie die Wunde im Oberschenkel eines der Männer, der aufkreischte und zusammensackte.

Weitere Schüsse.

»Waffen runter!«

Maras Stimme brüllte gegen den Donner der Schüsse an, schriller, als sie sie je gehört hatte. Auch Rosen schrie irgendetwas, das sie jedoch nicht verstand.

Stille trat ein.

10

Beide waren sie nackt. Die Hure kniete vor ihm, sein Geschlechtsteil tief in ihrem Mund.

Es war dieselbe wie letztes Mal. Eva. Die mit den großen Augen. Er stand wirklich auf sie. Doch heute regte sich nichts bei ihm.

»Hör auf!«, herrschte er sie an, als wäre es ihr Fehler.

Sofort rutschte sie auf den Knien zum Bett hin, um Abstand zwischen sich und ihn zu bekommen.

Chul Hong hatte kein gutes Gefühl. Ganz und gar nicht. Er verspürte eine wachsende Unruhe. Was vor allem mit der Tatsache zusammenhing, dass er weder Yang noch einen seiner beiden anderen Landsmänner hatte erreichen können. Sie standen permanent in Verbindung. Ein paar Stunden, ein halber Tag ohne Kontakt, das war kein gutes Zeichen.

Er zog sich die seidene Unterhose und die Jogginghose an, die Frau stand auf und wollte sich ebenfalls die Kleidung anlegen.

»Nein!«, stoppte er sie. »Du noch nicht.«

Sie ließ die Unterwäsche, die sie vom Boden aufgehoben hatte, wieder fallen.

Hong deutete aufs Bett, und sie setzte sich darauf. »Gleich geht der Spaß weiter«, sagte er, obwohl er sich da selbst nicht so sicher war.

Er griff zu seinem Nokia und rief Yang an, doch erneut ohne ihn zu erreichen.

Mit missmutigem Blick steckte er das Handy in die seitliche Tasche der Hose.

»Hast du es noch nicht gehört?«, fragte die Frau, die großen Augen wachsam auf ihn gerichtet.

»Was?«

»Deine Freunde. Die Schießerei.«

»Was?«, fragte er erneut, völlig perplex.

»Zwei Bullen sind aufgetaucht. Es gab eine Schießerei. Einer von deinen Freunden hat eine Kugel abbekommen. Alle drei wurden festgenommen.«

Er starrte sie an, als wäre sie verrückt, geistesgestört.

»Das kann nicht sein«, brachte er mühsam hervor.

»Doch.«

»Wirklich?«

»Das ganze Viertel redet drüber.«

Wenn das der Wahrheit entsprach, gab es nur eins für ihn: untertauchen, von der Bildfläche verschwinden, sich in das kleinste, unauffälligste Mauseloch zu verziehen, das ihm zur Verfügung stand.

Hong fixierte die Hure mit hartem Blick. »Erzähl mir alles, was du weißt.«

11

Mara Billinsky war ganz froh, das Präsidium für eine Weile verlassen zu können.

Wie entnervend sie doch waren, diese zähen, zermürbenden Stunden in kahlen Verhörräumen. Kaltes Licht aus Neonröhren, nackte Wände, Stille, das Gähnen der Dolmetscher, die nichts zu übersetzen hatten. Und vor allem die ausdruckslosen Masken, zu denen die Gesichter der Asiaten geworden waren. Einer nach dem anderen schwiegen sie die Beamten an, geduldig, wie auf dem Stuhl versteinert. Mal verhörte Mara sie im Team mit Rosen, dann wieder mit Klimmt, dann wurden sie von wiederum anderen Kollegen abgelöst.

So gut wie nichts hatten sie erfahren, außer den Namen, wenn es sich auch wohl nicht um die richtigen handelte, da die Pässe, in denen sie standen, gefälscht sein konnten.

Kim Young-Gwon.

Nam Tae-Hee.

Yang Seungwo.

Mehr hatten sie nicht, und es schien im Moment hoffnungslos, einen der drei Kerle mit Annalena Maruth in Verbindung bringen zu können. Sie hatten ihnen das Foto der ermordeten Frau gezeigt, doch die ließen sich zu keiner Reaktion hinreißen. Hätten die Typen in dem Café nicht sofort zu den Waffen gegriffen, sondern ein Verhör durch Billinsky und Rosen ähnlich stoisch über sich ergehen lassen, wären sie unter Umständen sogar noch auf freiem Fuß.

Und noch immer bestand die Möglichkeit, dass ein Mann, der zu dieser kleinen, im Untergrund arbeitenden Gruppe gehörte, fehlte. Verglich man die Informationen, die von verschiedenen Spitzeln stammten, dann bestand diese Bande aus vier Mitgliedern.

Ja, alles deutete darauf hin, dass einer fehlte.

Ausgerechnet derjenige, auf den es ankam?

Mara wollte nicht mehr darüber nachgrübeln. Sie versuchte sich auf die Fahrt durch den üblichen dichten Frankfurter Stadtverkehr zu konzentrieren. Der Innenraum ihres Alfas erbebte von den Klängen alter Pearl-Jam- und Nirvana-Songs. Sie befand sich im Ostteil der Stadt und folgte dem Verlauf der Hanauer Landstraße, wo sich in den letzten Jahren viele Unternehmen der Kommunikationsbranche angesiedelt hatten.

Aufgrund der Aktion im Bahnhofsviertel und den anschließenden Verhören, die sie alle wohl noch wesentlich mehr Zeit kosten würden, hatte sie den Termin mit Bert Steininger verschieben müssen, doch das wollte sie auf keinen Fall ein zweites Mal tun. Nach einigen mühsamen Runden durch Nebenstraßen stieß sie endlich auf eine Parklücke.

Nur wenige Minuten später saß sie Bert Steininger in dessen Büro im fünften Stock eines typischen Büroblocks gegenüber. Zwischen ihnen stand der ordentlich aufgeräumte Schreibtisch, auf der Fensterbank Auszeichnungen aus den besseren Tagen von Peukert & Steininger. Die verlassenen Räumlichkeiten der pleitegegangenen Agentur strahlten etwas Trostloses aus.

Das galt allerdings nicht für den ehemaligen Geschäftsführer. Wie Mara geschätzt hatte, war er etwas älter als fünfzig. Der Mann machte einen forschen, selbstsicheren Eindruck. Er war mit einer dunkelblauen

Anzughose und einem beigen V-Pullover bekleidet. Das grau durchsetzte, schüttere Haar war streng zurückgekämmt.

Im Gespräch hakte Mara rasch die entscheidenden Punkte ab: Annalena Maruth als Person und als Angestellte. Mitarbeiter, mit denen sie Kontakt hatte. Auffälligkeiten, Besonderheiten. Bestimmte Ereignisse, die in Erinnerung geblieben waren.

Bert Steiningers Antworten erfolgten ebenso schnell wie präzise. Eine Person mit klarem Verstand und guter Beobachtungsgabe. Doch wie bei nahezu allen anderen Befragungen kam nichts sonderlich Bemerkenswertes heraus. Oder etwas, das für Mara ein neues Licht auf die Sache geworfen hätte.

Eine knappe halbe Stunde war vergangen. Der Nachmittagshimmel war so düster, dass im Büro das Licht eingeschaltet war. Mara wollte sich bereits verabschieden, als Steininger sie auf einmal mit einem veränderten, sehr nachdenklichen Ausdruck musterte.

Sie wurde sofort aufmerksam. »Möchten Sie mir sonst noch etwas mitteilen?«

Der Mann schien abzuwägen.

»Was es auch sein mag«, insistierte Mara, »Sie können offen …«

»Sehen Sie«, unterbrach Herr Steininger sie, »ich bin nun wahrlich nicht der Typ, der herumdruckst. Aber ich bin mir einfach nicht ganz sicher, ob ich …« Er beendete den Satz nicht.

»Aus welchem Grund zögern Sie?«

»Ich will niemanden beschuldigen, nicht einmal verdächtigen. Ich will auch nichts in Gang setzen, was vielleicht für Ihren Fall völlig unwichtig ist.«

»Was wollen Sie dann?«, fragte Mara mit leicht herausforderndem Ton.

»Hm, auf der anderen Seite will ich wohl auch nicht, dass etwas übersehen wird, das eventuell eben doch von Wichtigkeit sein könnte.«

»Das verstehe ich – allerdings kann ich mit diesen Angaben nichts anfangen.«

Es folgte eine entschiedene Geste mit der Hand. »Also gut.« Bert Steininger taxierte sie. »Ich rate Ihnen, einen Blick in die Mitarbeiterakten zu werfen.«

Mara zog eine Augenbraue in die Höhe. »Sie meinen, in Annalena Maruths Mitarbeiterakte.«

»Ich meine die Akten sämtlicher ehemaliger Mitarbeiter«, erwiderte er betont sachlich. »Sorry, aber mehr werden Sie dazu nicht von mir hören.«

»Und wo finde ich diese Akten?«

»Zwei Türen weiter gibt es eine Art Kammer oder Abstellraum. Da ist alles drin. Ich kann Ihnen aufschließen. Falls Sie möchten.«

»Klar möchte ich.« Mara stand auf. »Aber das könnte bestimmt länger dauern.«

Steininger nickte. »Ich bin noch eine ganze Weile hier und erledige Bürokram.« Auch er erhob sich.

Kurz darauf saß Mara auf einem Hocker, umgeben von Blechregalen und Kartons mit altmodischen Leitz-Ordnern, in denen Akten von allen Mitarbeitern in alphabetischer Reihenfolge gesammelt wurden, die jemals bei Peukert & Steininger fest angestellt gewesen waren – in einem Zeitraum von immerhin mehr als fünfzehn Jahren. Und das bei einer ziemlich hohen Fluktuation, was bei Werbeagenturen wohl nichts Ungewöhnliches war.

Der Vollständigkeit halber hatte sie sich als Erstes die Akte von Annalena Maruth vorgenommen. Doch sie war auf nichts Auffälliges gestoßen. Arbeitsvertrag. Übernahme nach sechsmonatiger Probezeit. Umwandlung eines auf zwei Jahre befristeten Vertrags in ein unbefristetes Arbeitsverhältnis. Beförderung von der Junior-Kundenberaterin zur Kundenberaterin, woraufhin eine Gehaltsaufbesserung erfolgt war.

Anschließend blätterte Mara in den weiteren Akten, beginnend bei A.

Das ist nun echt eher was für Rosen, dachte sie genervt.

Mehrere Hundert Mitarbeiter im Laufe der Zeit. Arbeitsverträge, Kündigungen, Beförderungen, Gehaltserhöhungen, Elternzeit, einmal eine Abmahnung wegen wiederholtem Trinkens während der Arbeitszeit, noch mehr Verträge und Kündigungen.

Ich werde noch zu Staub zerfallen in diesem Loch, sagte sie sich und schüttelte immer wieder den Kopf.

Doch bei der einhundertachtundsiebzigsten Akte stutzte sie.

Unwillkürlich stand sie auf. Sie zog ihre Augenbraue hoch und richtete den Blick gedankenvoll auf das einzige Fenster, hinter dessen Scheibe sich der Himmel noch mehr verdunkelte.

»Sieh mal einer an«, murmelte Mara, ihre Stimme ganz leise in der dumpfen Stille ringsum.

Mit schnellen Schritten verließ sie die Kammer, um erneut Bert Steininger aufzusuchen, der nach wie vor am Schreibtisch saß, jetzt einen aufgeklappten Laptop vor sich.

»Ich müsste Sie noch mal sprechen«, sagte Mara.

Steininger sah auf und entdeckte, dass Mara eine Akte in der Hand hielt.

»Das dachte ich mir«, antwortete er.

12

Als Mara ins Präsidium zurückkehrte, war es Abend geworden. Noch immer herrschte auf den Fluren eine wilde Geschäftigkeit. Nur ihre direkten Kollegen waren nicht zu entdecken. Immer noch Verhöre? Dann kam ihr ein anderer Gedanke. Sie steuerte mit ihrem üblichen Eilschritt auf einen der Besprechungsräume zu und legte kurz das Ohr an die Tür. Aus dem Inneren drang Klimmts brummige Stimme.

Ohne anzuklopfen, betrat sie das Zimmer, in dem sich abgestandene Luft ballte. Außer dem Hauptkommissar waren auch Rosen, Schleyer, Patzke und Stanko anwesend. Müde, unrasierte Gesichter starrten sie an. Es roch nach Schweiß, Kaffee und Aftershave.

»Chef, ich muss Sie sprechen«, platzte es aus Mara mit jenem fordernden Ton heraus, den sie selbst nicht immer mochte.

Klimmt saß am Kopfende und blickte stur an ihr vorbei.

»Also«, fuhr er fort, als hätte sie nichts gesagt, »es wird nicht leicht sein, den drei schweigsamen Freunden aus Asien etwas nachzuweisen. Gut, dass sie beim Anblick von Rosen und Billinsky die Nerven verloren haben und Wilder Westen spielen wollten, so können wir sie wenigstens festsetzen.« Er seufzte. »Wir müssen einfach dranbleiben und sie weiter verhören. Irgendwann wird die Mauer schon Risse bekommen. Fast noch wichtiger: Wir müssen Zeugen auftreiben, die einen der Männer – oder alle zusammen – bei irgendeiner Schweinerei gesehen haben oder zumindest etwas darüber wissen. Dann werden wir sie auf Dauer hinter Gitter bringen können. Zapft also eure Kontakte an, hört euch um, stellt eure Fragen.« Er sah in die Runde. »Und jetzt machen wir erst mal Pause. Holt euch was zu futtern, schaltet die Birne mal kurz auf Durchzug. Wenn was ist – ihr findet mich in meinem Büro. Ich muss noch mit dem Staatsanwalt telefonieren und ihn über den Stand der Dinge informieren. Prinzipiell findet er es gut, wenn wir schießwütige Gangster hochnehmen. Scheiße findet er es allerdings, wenn wir nichts über sie herauskriegen und ihnen nichts ans Bein kleben können, das für eine handfeste Anklage reicht. Und wir brauchen außerdem den vierten Mann der Bande. Dann ist das Paket komplett. Na ja, vorausgesetzt, er existiert.«

Sein Mobiltelefon, das vor ihm auf dem Tisch lag, klingelte. Er starrte aufs Display. »Na klar, da ist sie auch schon, die liebe Staatsanwaltschaft.« Mit gereizter Miene nahm er den Anruf entgegen.

Alle erhoben sich, um an Mara vorbeizuströmen, die immer noch direkt bei der Tür stand. Auch Klimmt stapfte wie ein alter Bär an ihr vorüber und redete dabei in sein Handy. Als Rosen vor ihr auftauchte, zog sie ihn am Ärmel ein paar Schritte zur Seite. »Ich muss dir etwas sagen.«

»Aha.«

»Du könntest ja wenigstens mal so tun, als wärst du neugierig«, kommentierte sie seinen leeren Gesichtsausdruck.

»Sorry, bin nur saumüde.«

Nicht allein die Müdigkeit und die allmählich überwundene Erkältung, sondern vor allem die gewalttätige Auseinandersetzung mit den Asiaten machte ihm zu schaffen, sie wusste das. Sie selbst versuchte mit solchen

Erlebnissen fertigzuwerden, indem sie sich noch mehr in die Arbeit stürzte, um den Erinnerungen möglichst wenige Gelegenheiten zu geben, wieder an die Oberfläche zu dringen. Ein Rezept, das auch nur bedingt half. Das Gedächtnis und die Seele ließen sich eben nicht so einfach austricksen.

Nachdem sie allein in dem Besprechungsraum waren, meinte Rosen: »Was gibt es denn nun so Aufregendes?«

Sie taxierte ihn, überlegte kurz. »Nein, wir gehen zusammen zum Chef, dann muss ich nicht alles zweimal erzählen.«

»Klimmt? Der hat mal wieder eine Scheißlaune.«

Mara lief bereits voraus, und er folgte ihr. »Ich bräuchte einen Kaffee«, sagte er, aber sie hörte kaum hin, wie immer, wenn sie etwas umtrieb.

Wiederum ohne zu klopfen, platzte sie nun auch in Klimmts Büro.

Er saß am Schreibtisch und legte gerade sein Handy weg. »Billinsky«, brummte er. »Von Umgangsformen halten Sie einfach gar nichts, was?«

»Das sagt der Richtige«, gab sie mit einem lässigen Schmunzeln zurück.

Er lehnte sich zurück. »Was wollen Sie denn Wichtiges loswerden?«

Rosen schloss die Tür, dann nahmen er und Mara Platz.

»Ich war bei Bert Steininger«, begann Mara ohne Umschweife und berichtete, worauf sie beim Durchforsten der Mitarbeiterakten gestoßen war. »Bei Peukert & Steininger war ein Senior Art Director namens Roman Goldbach angestellt. Aus seiner Akte geht hervor, dass Annalena Maruth ihm sexuelle Belästigung vorgeworfen und darauf bestanden hat, dass er aus ihrem Team in ein anderes Team versetzt wurde.« Mara überprüfte mit einem Blick Klimmts Reaktion, doch dessen Miene blieb ausdruckslos.

»Der Vorfall kam nicht vor die Staatsanwaltschaft, sondern wurde intern von der Geschäftsführung der Agentur geregelt«, fuhr sie fort. »Roman Goldbach wurde abgemahnt und – wie von Annalena Maruth gewünscht – in ein anderes Team versetzt. Unter der Auflage, sich ihr innerhalb des Agenturgebäudes nicht mehr zu nähern.«

Erst jetzt blickte Klimmt auf. »Dieser Goldbach. Was ist das für ein Typ?«

»Ich werde ihn überprüfen, sobald ich Gelegenheit dazu habe. Aber zuerst wollte ich Sie und Rosen ins Boot holen.«

Er nickte und erwiderte nichts. Auch von Rosen kam, wie meistens, kein Kommentar.

»Nachdem ich in der Akte die Abmahnung gefunden hatte, habe ich noch einmal Bert Steininger befragt. Das zweite Gespräch mit ihm habe ich vorsichtshalber mitgeschnitten. Er war einverstanden.«

Mara zog ihr Handy aus der Tasche, legte es auf Klimmts Schreibtisch und ließ die Aufzeichnung abspielen.

Nach einem Rauschen war zunächst ihre eigene Stimme zu hören: »Herr Steininger, warum haben Annalena Maruths Kollegen diese Angelegenheit mit keinem Sterbenswörtchen erwähnt, weder bei den damaligen Ermittlungen noch bei unseren aktuellen Befragungen?«

»Wir in der Geschäftsführung haben damals versucht,« ertönte Steiningers sachliche Stimme, »das Ganze so vertraulich wie möglich zu behandeln, und das ist recht gut gelungen. Trotz des sogenannten Flurfunks haben nur wenige Mitarbeiter davon erfahren. Und wenn doch, dann auch nicht das gesamte Ausmaß der Geschichte. Deswegen war das alles bei den polizeilichen Ermittlungen auch nicht mehr so präsent, zumal zwischen dem Vorfall der sexuellen Belästigung und dem Verschwinden von Annalena Maruth einige Monate lagen. Hinzu kam, dass sich Goldbach und Maruth nach dem angeblichen Vorfall völlig aus dem Weg gegangen sind und kein Wort mehr miteinander gewechselt haben.«

»Wie war denn das Verhältnis der beiden davor?«

»Ich habe es nicht selbst miterlebt, da ich mit ihnen eher weniger zu tun hatte, aber sie konnten sehr gut als Team zusammenarbeiten. Und sie flirteten ganz gern miteinander, wie es hieß. Auf harmlose Art und Weise.«

»Trotz des beträchtlichen Altersunterschieds? Immerhin war er doppelt so alt wie sie, wenn ich das richtig sehe.«

»Ja. Trotz des beträchtlichen Altersunterschiedes. Aber wie gesagt, davon habe ich nur gehört, ich kann es nicht bestätigen.«

»Wo und wann kam es zur Belästigung? Innerhalb der Agentur und während der Arbeitszeit?«

»Nein, außerhalb der Agentur und außerhalb der Bürozeiten.«

»Was können Sie über Roman Goldbach sagen?«

»Ein langjähriger, sehr verlässlicher Angestellter. Er war damals Mitte vierzig. Seit vielen Jahren glücklich verheiratet. Vater eines erwachsenen Sohnes.«

»Wie reagierte er auf die Anschuldigungen?«

»Er hat sie als lächerlich abgetan.«

»Aber er ist offenbar nicht dagegen vorgegangen, sondern hat die Abmahnung akzeptiert.«

»Akzeptiert? Das vielleicht nicht gerade. Aber es stimmt, er ist letztlich in keiner Form dagegen vorgegangen.«

»Gab es weitere Vorfälle, vielleicht auch nur Gerüchte, die ihn in die Nähe ungehörigen oder gesetzeswidrigen Verhaltens rückten?«

»Nein, überhaupt nicht. Er war weder davor noch danach durch etwas in dieser Art aufgefallen.«

»Warum hat Ihr Geschäftspartner Alex Peukert genauso wie die von mir erwähnten Mitarbeiter den Vorfall mit Maruth und Goldbach bei keiner Befragung angesprochen?«

»Ich denke, auch bei ihm ist das nicht mehr so präsent. Und vielleicht wollte er einfach verhindern, dass ein rechtschaffener Ehemann und Vater mit etwas belangt wird, das …«

Man hörte, dass Bert Steininger mitten im Satz abbrach und lange wartete, ehe er fortfuhr. »Na ja, ich kann wohl kaum für Alex sprechen.«

»Nein, aber für sich selbst können Sie sprechen«, erwiderte Mara. »Herr Steininger, mir ist nicht entgangen, dass Sie vorhin von einem *angeblichen* Vorfall gesprochen haben. Kann es sein, dass Sie Zweifel am Wahrheitsgehalt der Geschichte hegen? Und dass vor allem das der Grund dafür ist, weshalb dieser Zwischenfall bei den Ermittlungen nie zur Sprache kam?«

Wiederum nahm sich Steininger Zeit, bevor er antwortete. »Sehen Sie, es gab einige in der Geschäftsführung beziehungsweise der erweiterten Geschäftsführung, die diese Geschichte nicht allzu hoch aufgehängt haben, um es mal so auszudrücken. Annalena war ein lustiges junges Ding, aber sie neigte dazu, etwas zu viel Wirbel um die eigene Person zu machen.«

»Ganz direkt gefragt«, hakte Mara deutlich nach, »haben Sie *persönlich* Zweifel, dass es zu einer sexuellen Belästigung gekommen ist?«

»Ja, wahrscheinlich schon. Jedenfalls schien der Anlass nicht groß genug für die Anschuldigung zu sein, die darauf folgte. Letzten Endes waren Alex und ich sehr froh, dass relativ schnell Gras über die Sache wuchs. Wir hatten sowieso schon genug damit zu tun, die Agentur am Leben zu erhalten – womit wir schließlich gescheitert sind. Niemand hat weiter darüber gesprochen. Ganz ehrlich, es war kein Riesending.«

»Und dennoch haben Sie nach dem Vorfall Maßnahmen in die Wege geleitet: Abmahnung, Versetzung ins andere Team.«

»Das haben wir unabhängig von unseren Zweifeln als unsere Pflicht angesehen. Und wie ich schon sagte: Ich denke, wir haben gut und richtig gehandelt. Wir haben den Wünschen des angeblichen Opfers Rechnung getragen und dennoch dafür gesorgt, dass aus einem Schneebällchen keine Lawine wurde.«

Ein leises Rascheln erfolgte, dann signalisierte ein kurzer Piepton, dass der Mitschnitt zu Ende war.

»Ein Schneebällchen, das allerdings immer noch nicht geschmolzen ist«, merkte Mara an, als sie das Handy wieder an sich nahm. »So sehe ich es jedenfalls.«

»Hm, ich bin skeptisch«, brummte Klimmt.

»Das sind Sie meistens«, meinte Mara spitz.

»Ich will nur nicht, dass wir zu viel Zeit und Energie mit etwas verschwenden, das uns dann doch nicht weiterbringt.«

»Aber diese Angelegenheit kann man nicht ignorieren.«

»Das sollen Sie auch nicht. Wie schon gesagt, wenn Sie diesen Goldberg überprüfen …«

»Goldbach«, korrigierte sie.

»Erst dann können wir die Sache richtig beurteilen.«

»Und ob ich ihn überprüfen werde.«

13

Der Tag nahm kein Ende.

Nachdem sie den Handymitschnitt angehört hatten, waren zwei Stunden vergangen, und zwar ziemlich zäh – mit einer weiteren Dienstbesprechung, einem weiteren zeitraubenden Telefonat mit einem Journalisten und einem weiteren persönlichen Meeting mit Vertretern der Staatsanwaltschaft.

Als Klimmt nun in sein Büro zurückkehrte, riss er das Fenster auf und stellte sich davor, um eine Zigarette zu qualmen.

Durchatmen.

Der dunkle Himmel war derart mit Wolken bedeckt, dass kein einziger Stern zu entdecken war. Graue Aussichten.

Klimmt ließ die vergangenen Tage Revue passieren. Er wollte nicht, dass die Kollegen und Staatsanwälte erkannten, wie sehr ihn der Alltag inzwischen verdross und abstumpfte. Aber er war nicht blöd, und sie waren es auch nicht. Warum überhaupt jemandem etwas vorspielen? Er war müde, ausgelaugt, komplett urlaubsreif. Wieder mal.

Als es klopfte, reagierte er nicht, doch wie immer nützte das natürlich nichts. Die Tür wurde geöffnet. Er schnippte die Kippe nach draußen, schloss das Fenster und drehte sich um.

Rosen betrat zögerlich den Raum. »Chef, es will jemand mit Ihnen reden.«

Klimmt starrte ihn stumm an.

»Ich wollte Ihnen das abnehmen, aber er besteht darauf, nur mit Ihnen zu sprechen. Unter vier Augen.«

»Rosen, wenn Sie ein Quiz veranstalten wollen, gehen Sie zum Fernsehen. Wer zum Teufel ist es?«

»Ach so, äh, klar«, meinte Rosen verdattert. »Es handelt sich um Branko Buljan.«

»Scarface? Dann rein mit ihm.«

Keine zwei Minuten später saß der narbengesichtige Mann dem Hauptkommissar gegenüber und rutschte unruhig auf dem Besucherstuhl hin und her. Klimmt konnte riechen, dass er kurz zuvor Hasch geraucht haben musste. Zusätzlich wehte eine ätzende Alkoholfahne über den Schreibtisch zu ihm herüber.

»Was gibt's, Buljan?«

»Scheiße, Sie müssen mir helfen. Seit ich mit Ihren beiden Bullen geredet habe, stehe ich im Viertel da wie ein Verräter.«

»Ach komm, krieg dich mal wieder ein. Jeder weiß doch auch so, dass du für zwei Gramm Schwarzen Afghanen deine eigene Oma ans Messer liefern würdest.«

»Das ist nicht wahr«, fuhr Buljan auf. »Ihre Drogenbullen haben meinen Barkeeperkollegen hochgehen lassen und den ganzen Laden umgekrempelt. Fuck, so läuft das Spiel nicht.«

»Du hättest längst begreifen sollen, dass das kein Spiel ist«, gab Klimmt mit Bierruhe zurück. »Und nie eines war.«

»Außerdem haben Sie ja noch die Koreaner einkassiert.« Buljan schnaufte. »Gleich nachdem ich Ihren Leuten ein kleines Stichwort über die Typen geliefert habe. Warum haben Sie sich nicht mehr Zeit gelassen? Und dann auch noch mit Schießerei und allem Drum und Dran. Jeder denkt, dass ich die Kerle ans Messer geliefert habe. Ich werde überall geschnitten. Und alles, was ich zu hören kriege, sind fiese Andeutungen.«

Klimmt legte die Füße bequem auf die letzte freie Ecke der Schreibtischoberfläche. »Zeit lassen? Du bist echt witzig, Buljan.« Er schüttelte den Kopf.

»Jedenfalls brauche ich jetzt Ihre Hilfe. Ich hab das Gefühl, dass mich auf einmal jeder im Viertel hasst.«

Als wenn sie dich vorher gemocht hätten, dachte Klimmt. »Und nun soll ich dir auf Staatskosten zwei Bodyguards zur Verfügung stellen, oder was hast du dir vorgestellt, du Komiker?«

»Ich brauche Hilfe«, beharrte Buljan. »Vielleicht können Sie mich aus dem Verkehr ziehen und …«

«… für ein paar Wochen in die Karibik schicken, was?«

»Nein, aber …«

»Hör zu, Buljan«, unterbrach Klimmt ihn erneut. »Ich werde sehen, was ich für dich tun kann, um deine Lage im Viertel angenehmer zu machen.« Gelassen fügte er an: »Allerdings nicht einfach so.«

Buljan stutzte. »Was heißt das?«

»Nicht das, sondern er. Wie heißt *er?*«

»Wer?«

»Der vierte Mann. Derjenige, den wir nicht in unseren Gästezimmern haben.«

»Welcher vierte Mann?« Buljan bemühte sich sichtlich um einen ausdruckslosen Gesichtsausdruck.

»Verarsch mich nicht, Buljan. Wohl kaum der Vierte von den Beatles. Sondern der vierte Koreaner. Wie heißt er?«

»Keine Ahnung! Echt nicht!«

»Wenn ich den Namen hätte, würde mir das weiterhelfen. Und dann könnte ich auch dir weiterhelfen.«

Verzweifelt starrte Buljan ihn an. »Wenn ich noch mehr plaudere, dann …«

»Seinen Namen. Und zwar jetzt.«

»Das kann ich nicht tun. Der Typ macht mich alle.«

»Junge, mir ist doch längst klar, dass er es ist, vor dem du diese Scheißangst hast.«

»Der Typ muss denken, dass ich seine Kumpels verpfiffen habe.«

»Das hast du ja auf gewisse Weise auch.«

»Shit! Ich habe doch bloß ein einziges läppisches Stichwort genannt.« Heftig schüttelte Buljan den Kopf. »Hätte ich doch nur meine Schnauze gehalten.«

»Wenn du mir nicht hilfst, kann ich dir nicht helfen. Also noch mal: seinen Namen.«

»Okay.« Buljan seufzte auf. »Er heißt Chul Hong.«

Klimmt sah ihn an. »Und weiter?«

»Weiter? Wieso denn weiter?«, fuhr er schon wieder auf.

»Sein Aussehen. Seine Vorlieben. Seine Rückzugwinkel. Die Verbrechen, an denen er beteiligt war. Alles.«

»Sie wollten, dass ich seinen Namen sage, und das habe ich getan.«

»Buljan, was glaubst du denn, du Idiot? Ich will *alles* über ihn wissen. Und auch über seine drei Freunde mit dem Schweigegelübde. Du wirst mich großzügig mit Informationen versorgen. Sonst sorge ich dafür, dass sich im Viertel herumsprichst, wie du hier bei deinen Besuchen wie ein Waldvogel singst.«

Buljan sank auf dem Stuhl zusammen und starrte zu Boden. »Verfluchte Scheiße«, stieß er leise hervor. »Wird man denn überall nur noch beschissen?«

»Du bist einfach zu gutmütig für diese Welt«, sagte Klimmt trocken. »Und jetzt mal los.« Er richtete sich auf und griff nach Kugelschreiber und Notizblock. »Chul Hong. Was ist das für ein Kerl? Du kannst mir doch nicht weismachen, du weißt nur seinen Namen und sonst nichts über ihn. Und schön langsam sprechen, ich will mitschreiben.«

14

Mara Billinsky läutete. Ein Summton erklang, sie drückte die Eingangstür auf, und gleich darauf fuhr sie in einem Fahrstuhl hinauf in den obersten Stock.

Es war Nachmittag. Sie befand sich in einem Neubau im Westend. Sehr teure, angesehene Wohngegend, erfüllt von behaglicher Stille und einer leicht angestaubten, gediegenen Rechtschaffenheit.

Als sie in der obersten Etage ausstieg, öffnete sich die Tür der einzigen Wohnung. Ein Mann blickte sie misstrauisch an.

»Äh. Sie sind doch nicht die Polizistin, die …«

»Doch«, unterbrach sie ihn gelassen. »Ich war es, die Sie angerufen hat.«

Während er weiterhin unverhohlen ihre Piercings und ihre abgewetzte Motorrad-Lederjacke musterte, zeigte Mara ihm den Dienstausweis, um letzte Zweifel zu beseitigen.

»Dann kommen Sie bitte rein«, sagte er. Nicht freundlich, sondern höflich.

Sie folgte ihm ins Innere. Elegante, helle Einrichtung, geschmackvolle Gemälde und ein eindrucksvoller Ausblick über die Villen des Viertels.

»Wie kann ich Ihnen helfen?«

In makellos sauberen Ledersesseln saßen sie einander gegenüber.

Roman Goldbach wirkte jünger, als er war. Groß. Schlank. Volles Haar, kaum von Grau durchsetzt, ebenso wie Schnauz- und Kinnbart. Er trug Jeans und ein lässiges Longsleeve-Shirt. Mara konnte sich vorstellen, dass er in jüngeren Jahren beim anderen Geschlecht durchaus Erfolg gehabt haben mochte.

»Sie kannten Annalena Maruth.« Es war keine Frage.

In Goldbachs Gesicht zuckte kein Muskel, er blieb völlig unverändert.

»Ja«, antwortete er schlicht.

»Annalena Maruths Leichnam ist gefunden worden. »

»Ja«, wiederholte er mit exakt derselben Betonung.

»Woher wissen Sie das?«

»Ein früherer Kollege hat mich informiert. Offenbar waren die Zeitungen voll von dem Leichenfund, und es hat sich herumgesprochen, um wen es sich dabei handelt.«

»Sie wurde brutal ermordet.«

Diesmal nickte er nur.

»Wie standen sie zu ihr?«

»Wir waren Kollegen.« Simple Worte, doch er hatte sie offenbar sehr bewusst gewählt – jedenfalls kam es Mara so vor.

»Nur Kollegen?«

»Nur Kollegen.«

»Hatten Sie beide das, was man einen kleinen Flirt nennt?«

»Keine Ahnung, wie man es nennt. Aber ja. Vielleicht haben wir ab und zu ein wenig geflirtet.«

»Oder war doch mehr zwischen Ihnen beiden?«

»Nein.«

»Sie waren immerhin auch damals schon verheiratet.«

»Das stimmt, aber wahrscheinlich hat es mir altem Sack geschmeichelt, dass die Kleine ...« Zum ersten Mal stockte er kurz. »Wie auch immer. Es war nicht der Rede wert.«

Auf sachliche Weise sprach Mara an, worauf sie in seiner Mitarbeiterakte gestoßen war. Ein kurzes, abfälliges Grinsen schlich sich in sein Gesicht. »Und? Was wollen Sie jetzt von mir hören?«

»Ich will immer nur dasselbe hören.« Sie betrachtete ihn eindringlich. »Nämlich die Wahrheit.«

»Kein Problem damit.«

»Waren Annalena Maruths Vorwürfe Ihnen gegenüber zutreffend?«

»Nein. Es war ein Witz. Lächerlich.«

»Die damit zusammenhängende Abmahnung haben Sie dennoch hingenommen, ohne sich aufzulehnen. Warum?«

»Erstens, weil mir das Ganze einfach nur peinlich war. Zweitens, weil es mir mehr geschadet als geholfen hätte, wenn ich mich aufgelehnt hätte.«

»Das verstehe ich nicht.«

»Wenn jemand eine solche Behauptung über Sie aufstellt, dann klebt Ihnen das am Schuh wie ein Stück Scheiße. Sorry, aber so ist es nun mal. Je öfter ich gesagt hätte, nein, nein, das stimmt alles nicht, ich bin unschuldig, desto weniger hätte man mir doch geglaubt. Ich war der böse alte Mann und sie das unschuldige junge Mädchen.« Er schüttelte den Kopf. »Nein, ich wollte einfach nur, dass diese dämliche kleine Geschichte an mir vorüberzieht, ohne zu viel Staub aufzuwirbeln. Sie war es einfach nicht wert.«

»Wer *sie?* Die dämliche kleine Geschichte? Oder Annalena Maruth?«

»Beide«, erwiderte er trocken.

»Sie wurden nicht nur abgemahnt, sondern auch in ein anderes Team versetzt.«

»Sie sind ja bestens informiert«, meinte er sarkastisch. »Das mit dem anderen Team, also, das diente doch nur vordergründig dazu, der armen kleinen Annalena zu zeigen, dass man sie ernst nahm und auf ihre Forderungen einging.«

»Und wozu diente es hintergründig?«

»Mein Wechsel ins andere Team hätte in jedem Fall stattgefunden. Das war längst abgesprochen und hatte mit der neuen Aufteilung einiger Etats zu tun. Nur wurde die Sache dann eben etwas schneller vollzogen.«

Mara ließ sich Zeit, ehe sie fortfuhr: »Für mich klingt das alles eine Spur zu kühl und überlegt. Man würde doch annehmen, dass jemand, der zu Unrecht beschuldigt wird, sich wesentlich stärker dagegen wehrt. Erst recht bei derartigen Vorwürfen. Erst recht als Ehemann und Familienvater.«

»Was man annehmen würde, ist mir herzlich egal«, erwiderte er rasch, jedoch nicht aufgebracht, sondern kontrolliert. »Es war, wie es war. Keine Riesensache.«

Keine Riesensache? Hatte Bert Steininger sich nicht ähnlich ausgedrückt?

»Offenbar nicht für Sie, aber vielleicht für Annalena Maruth.«

»Mir kommen gleich die Tränen.« Er winkte ab. »Wir haben zu der Zeit regelmäßig zusammengearbeitet und schon öfter zwanglos ausgemacht, dass wir mal zusammen was trinken gehen. Das haben wir auch getan. Wir hatten beide den einen oder anderen Cocktail zu viel gebechert. Dann haben wir noch zusammen auf die letzte U-Bahn gewartet. Beim Warten habe ich meinen Arm um sie gelegt, das war alles. Als die Bahn kam, stiegen wir ein und saßen uns im Waggon gegenüber, noch nicht einmal nebeneinander.« Er lachte laut auf. Gereizt, nicht mehr kontrolliert, sondern eher aggressiv. »Es war nichts. Weniger als nichts. Die Kleine wusste doch gar nicht, was sie mit einer solchen Anschuldigung in Gang setzen würde. Eigentlich durfte sie froh sein, dass niemand ihre Story angezweifelt hat. Stellen Sie sich vor, ich hätte sie wegen übler Nachrede belangt – das dumme Ding hätte doch rein gar nichts beweisen können.«

Mara erwiderte nichts.

Goldbach winkte ab. »Personen, die wirklich sexuell belästigt wurden, würden sich über die Geschichte totlachen, das können Sie mir glauben.«

Sie mochte ihn nicht. Doch davon durfte sie sich nicht beeinflussen lassen – was nicht immer einfach war. »Ich glaube gar nichts, ich sammle erst einmal Fakten.« Ihre Stimme wie ihr Blick waren kühl.

»Dann sammeln Sie einfach mal diesen Fakt: Ich bin unschuldig.« Er funkelte sie an. »Ich habe niemanden sexuell belästigt.« Mit jäher Schärfe in der Stimme fügte er hinzu: »Und vor allem habe ich niemanden ermordet.«

Erneut erwiderte Mara nichts.

»Denn deswegen sind Sie doch in Wirklichkeit hier, oder? Wegen des Mordes.«

»Wie gesagt, mir geht es erst einmal darum, Fakt–«, versuchte sie zu wiederholen, doch er fiel ihr brüsk ins Wort: »Mit Verlaub, Sie können sich Ihre Fakten an den Hut stecken.«

»Mit Verlaub«, antwortete Mara eisig. »Ich stecke mir gar nichts an den Hut, ich ermittle in einem Verbrechen.« Ihr Blick bohrte sich förmlich in ihn.

Ein langer Moment zog vorüber.

»Hier ermitteln Sie jedenfalls an der falschen Stelle«, sagte Goldbach dann.

In einem zurückhaltenderen Ton fragte sie: »Warum hatten Sie eigentlich Zeit für mich? Müssten Sie nicht bei der Arbeit sein?«

»Bis zu Ihrem Eintreffen war ich das. Ich bin inzwischen nicht mehr angestellt, sondern arbeite als Freelancer für mehrere Werbeagenturen. Meistens von hier aus. Nebenan ist mein Büro.«

Sie sah sich beiläufig um. »Ist Ihre Frau auch da?«

»Nein. Wollen Sie sie auch verhören?«

»Befragen«, korrigierte sie gelassen. »Sie haben einen Sohn, nicht wahr? Max. Wie alt ist er?«

»Fünfundzwanzig«, kam es gepresst von ihrem Gastgeber.

Sie merkte ihm an, dass ihm ihr Besuch immer mehr auf die Nerven ging – aber das störte sie nicht; im Gegenteil, manchmal konnte das bei Gesprächen sogar hilfreich sein.

»Was ist Max von Beruf? Und wo wohnt er?«

»Er studiert Chemie.« Goldbach erwiderte unverzagt ihren forschenden Blick, wie bereits die ganze Zeit über. »Er wohnt hier.«

»In seinem Alter? Wahrscheinlich weil er als Student kein Einkommen …«

»Wenn Sie's genau wissen müssen«, unterbrach er sie mit überheblichem Ton, »Max hat vor Kurzem noch mit seiner Freundin zusammengewohnt. Drüben in Bockenheim. Die beiden haben sich getrennt. Sie blieb in der Mietwohnung, er kam vorerst zurück zu uns. Sonst noch was?«

Gedämpft drang das Rauschen des Aufzugs zu ihnen.

»Was arbeitet Ihre Frau?«, fragte Mara weiter.

»Sie ist in der Werbung tätig, genau wie ich. Allerdings fest angestellt.«

Ein Schlüssel raschelte im Schloss der Wohnungstür, und gleich darauf betrat ein junger, gut aussehender Mann in Chinos und Hoodie das Wohnzimmer. Das Haar fiel ihm locker in die Stirn. Er war ebenso schlank, nur ein Stück kleiner als Goldbach. Die Ähnlichkeit der beiden Gesichter war so eindeutig, dass es sich nur um Max handeln konnte.

»Mara Billinsky, Kriminalpolizei«, sagte Mara knapp, als der Blick des jungen Mannes verwundert auf sie fiel.

»Ich bin Max Goldbach.« Seine Mundwinkel zuckten. Ein zaghaftes Lächeln.

Mara wandte sich wieder an den Vater. »Herr Goldbach, ich würde auch gern mit Ihrem Sohn sprechen.«

»Unter vier Augen, nehme ich an.« Erneut klang er sarkastisch. »Wie im Kino.«

»Als ich Annalena Maruths Kopf sah, steckte er ordentlich konserviert in einem Behälter. Das war kein Kino.«

Zum ersten Mal senkte Goldbach den Blick. »Sie können sich hier unterhalten.« Er erhob sich. »Ich bin nebenan, im Büro.«

Ohne ein weiteres Wort verschwand er im anderen Zimmer. Sein Sohn nahm auf dem Sessel Platz, auf dem er selbst gesessen hatte.

Mara betrachtete Max eingehend. »Kannten Sie Annalena Maruth?«

»Nicht persönlich, nur ihren Namen. Mein Vater hatte in der Agentur mehrfach mit ihr zusammengearbeitet und sie öfter erwähnt. Bis …« Abrupt verstummte er.

»Bis Annalena Maruth Ihren Vater der sexuellen Belästigung beschuldigt hat.«

Er nickte und errötete ein wenig. Keine Frage, er war nicht ganz so selbstsicher wie sein Vater, von Aggressivität ganz zu schweigen. Außerdem wirkte er weicher, zugänglicher.

»Sie wissen also davon?«

»Mein Vater hat mit offenen Karten gespielt und meine Mutter und mich sofort eingeweiht.«

»Wie haben Sie beide reagiert?«

Er räusperte sich. »Sie meinen, ob wir ihm oder der Frau geglaubt haben?«

Mara schmunzelte kaum merklich. »Genau das meine ich.«

»Wir haben ihm geglaubt.«

»Voll und ganz?«

»Voll und ganz«, antwortete er mit fester Stimme.

»Und wie ist das inzwischen?«

»Bitte? Ich verstehe nicht.«

»Glauben Sie ihm nach wie vor? Oder sind Ihnen irgendwann einmal Zweifel gekommen, da könnte doch mehr dran gewesen sein?«

Wieder dieses kurze Lächeln in seinem Gesicht. »Nein, wirklich nicht.«

»Kein Zweifel?«

»Nein.« Er winkte ab, genauso wie zuvor einmal sein Vater. »Absolut nicht.«

15

Eine hinter hässlichen vielstöckigen Wohnblöcken halb versteckte Seitengasse am Rande des Bahnhofsviertels. Braunes Laub wurde vom Wind über den rissigen Asphalt geweht. Im Gegensatz zu den belebteren Straßen war hier wenig los. Obdachlose mit ihren verdreckten Supermarkttüten und Kleindealer huschten um die Ecken.

Die Bürgersteige waren voller Abfall. Unmengen benutzter Einwegspritzen, Glasscherben, fetttriefende Pizzakartons, zerknüllte Zigarettenschachteln.

Ein weiteres Unwetter braute sich zusammen, dicht über den Dächern verbissen sich schwere, triefende Wolken ineinander.

Nebeneinander folgten sie dem schnurgeraden Verlauf der Gasse. Das Auto hatten sie in einer der Parallelstraßen abgestellt.

»Noch mal in Ruhe, Rosen«, sagte Mara, den Blick skeptisch in den unheilvollen Himmel gerichtet. »Am Telefon ist nämlich das eine oder andere untergegangen.« Selbstironisch setzte sie hinzu: »Du hattest es ja fast so eilig wie ich sonst.«

»Klimmt war es, der es eilig hatte.«

»Was genau suchen wir hier? Oder besser: wen?«

Verdrossen stapfte er neben ihr her. Wie meistens, wenn er in diese Gegend musste. »Übrigens, Klimmt war auch mal wieder sauer. Und zwar auf dich.«

»Auf wen sonst? Was war diesmal der Grund?«

»Weil er nicht wusste, wo du warst. Auch sonst hatte keiner eine Ahnung.«

»Ich bin schon eine Weile volljährig, Rosen.«

»Du weißt, wie ich's meine.«

»Ich habe ermittelt. Was dachtet ihr denn? Dass ich unter der Sonnenbank liege?« Sie spielte auf ihren charakteristischen, noch durch Schminke verstärkten blassen Teint an, der ebenso ihr Markenzeichen war wie das pechschwarze Haar und die ramponierte Lederjacke.

»Ermittelt? Also hast du schon diesen Goldbach aufgesucht. Ich wollte doch mitkommen.«

»Du kennst mich ja.«

»Und ob!« Er lachte auf. »Die Geduld in Person.«

»Ich habe mit ihm gesprochen, ja. Auch mit seinem Sohn. Und anschließend war ich noch eine Weile in der Stadt unterwegs, um einige Freunde und ehemalige Kollegen von Goldbach aufzusuchen. Außerdem habe ich ihn eingehender gecheckt – soweit das möglich war.« Sie schüttelte nachdenklich den Kopf. »Aber da gibt's nicht viel. Keine Gesetzesübertretungen, keine Auffälligkeiten, nichts.«

»Was haben seine Bekannten gesagt?«

»Da fiel kein einziges böses Wort. Es gab nicht die kleinste Andeutung, dass er sich irgendwann einer Frau auf fiese Art genähert hätte. Oder dass er zu Gewalt neigen würde. Oder dass er seine Ehefrau nicht lieben würde und sie auch nur einmal betrogen hätte. Ja, vielleicht mal geflirtet, aber natürlich auf völlig harmlose Art.«

Der Wind wirbelte erste Regentropfen durch die Luft.

»Klimmt hat schon recht«, murmelte Rosen. »Das ist Zeitverschwendung. Da ist nichts dran.«

»Wer weiß!«, murmelte sie mit diesem Trotz, den zu unterdrücken ihr oft schwerfiel.

»Nein, Billinsky. Oder wie du es ausdrücken würdest: Das sagt mir mein Gefühl.«

»Hm. Gern würde ich dagegenhalten, dass mein Gefühl mir was ganz anderes sagt. Aber so überzeugt bin ich ja selbst nicht von der Vorstellung, dass dieser Goldbach ein brutaler Killer sein soll. Ich mochte ihn zwar nicht, aber eine solche Tat … Hm.«

»Andererseits: Wem sieht man den Killer schon an?«

Sie hatten fast das Ende der Gasse erreicht, als Rosen stehen blieb. »Hier könnten wir schon eher eine Spur finden.«

Auch Mara stoppte. »Dann endlich mal raus mit der Sprache. Was machen wir hier? Wie hängt diese jämmerliche Straße mit den Koreanern zusammen?«

Sie schoben sich in den Schutz einer Hoffeinfahrt.

»Stell dir vor, Branko Buljan ist im Präsidium angetanzt, und Klimmt konnte ihn zum Singen bringen«, erklärte Rosen. »Buljan wusste von Anfang an mehr über die Koreaner, als er uns gegenüber zugab. Und jetzt hat er Schiss. Wahrscheinlich vor dem vierten Mann der Bande. Und wir haben auf einmal die Hoffnung, durch Buljan noch weitere Zeugen zu finden, um die Kerle festnageln zu können.«

»Und dieser ominöse vierte Mann?«

»Er heißt Chul Hong.«

Rosen deutete auf das letzte Haus in der Straße, einen schäbigen, trostlosen, mit Graffiti verschmierten Block, von dem der Putz blätterte.

»Die Koreaner haben für eine serbische Mafiagruppierung gearbeitet. Und die Serben haben sie nicht nur mit Geld für ihre Dienste entlohnt. Sie durften nämlich bestimmte Huren besuchen, die für die Serben anschaffen müssen. Kostenloser Sex. Das war sozusagen der Bonus.«

»Ich kriege gleich das Kotzen«, brummte Mara. »Frauen als Ware. Eigentlich müsste man irgendwann abstumpfen, aber es ist das Gegenteil. Je öfter mir so etwas begegnet, desto mehr widert es mich an.«

»Jedenfalls ist eine dieser Huren wohl die Lieblingsgespielin von Chul Hong«, fuhr Rosen in seiner unerschütterlichen spröden Art fort. »Eine gewisse Olga.«

»Und Olga besuchen wir jetzt. In diesem Haus. Stimmt's?«

»Diese ehrenvolle Aufgabe haben wir, richtig«, erklärte Rosen, seine Gestalt nur eine vage Silhouette in der dunklen Hofeinfahrt. »Im dritten Stock liegt eine Wohnung, die Olga angeblich mit mehreren anderen Huren teilt. Klimmt sagte, entweder würde er mich begleiten oder ich könne warten, bis du wieder auftauchst.« Er seufzte. »Da habe ich lieber gewartet.«

Mara lachte trocken auf.

»Sind die Ladys überhaupt zu Hause?«, fragte sie dann. »Oder doch wohl eher im Dienst?«

Der Wind wurde schwächer, der Regen stärker.

»Nach Buljans Angaben arbeiten sie in einem Puff in der Moselstraße. Ausschließlich nachts. Sie müssten sich gerade auf ihre Schicht vorbereiten.«

»Okay, dann lass uns mit ihnen quatschen.«

Sie drückten mehrfach sämtliche Klingelknöpfe des Hauses, bis endlich der Summton erklang. Hinein, im verdreckten Treppenhaus nach oben, bis in den dritten Stock.

Sie läuteten an der einzigen Wohnungstür, an der sich kein Namensschild fand. Niemand öffnete. Keinerlei Reaktion. Nichts als Stille hinter der Tür.

Sie trommelten mit den Fäusten dagegen. Andere Türen wurden aufgemacht, misstrauische Gesichter tauchten auf. Mit ein paar deutlichen Worten schaffte es Mara, dass sich alle wieder zurückzogen.

Erneut klingelten sie, erneut klopften sie lautstark an. Nach einer gefühlten Ewigkeit öffnete sich die Tür einen Spaltbreit.

Rosen wollte schon seinen Dienstausweis ziehen, doch Mara legte ihm die Hand auf den Arm, um ihn zu stoppen. Gleichzeitig schob sie ihn ein Stück zur Seite, damit es so aussah, als wäre sie ohne Begleitung. Aus dem Dunkel der dahinterliegen Wohnung spähten zwei Augen nach draußen.

»Ich soll hier etwas abgeben«, sagte Mara.

»Was? Für wen?«, drang eine müde Stimme zu ihnen.

»Mach auf, dann siehst du es.«

Nichts geschah.

»Na los, es ist wichtig.«

»Wer schickt dich? Was hast du für uns?«

»Meinst du, ich will mit einer Tür reden? Mach auf, dann zeige ich es dir.« Mit einem Grinsen fügte sie an: »Oder sehe ich aus wie ein Bulle?«

Endlich – die Tür ging auf. Eine junge Frau in einem Bademantel kam zum Vorschein, das Haar lang, das Gesicht noch nicht vollends geschminkt, die Augen ein wenig verschleiert.

»Na, was hast du denn eingeworfen, Schätzchen?«, fragte Mara.

»Wer bist du? Was willst du?«

Ansatzlos stieß Mara die Tür ganz auf und rauschte an der verdutzten Frau vorbei.

»Billinsky!«, wehte Rosens verdatterte Stimme hinter Mara her. »Mach keinen Mist! Das dürfen wir nicht!«

Doch sie hatte den schmalen, mit High Heels übersäten Flur bereits halb durchquert und passierte gerade das hell erleuchtete Bad, das vor Kosmetikartikeln nahezu überquoll. Im nächsten Moment stand sie im Wohnzimmer, offensichtlich dem einzigen etwas größeren Raum in der engen Wohnung.

Auf Matratzen fläzten drei Frauen, die in ihrer knappst möglichen Kleidung offenbar bereit waren für ihre Schicht, wie Rosen es genannt hatte. Sie ließen einen Joint kreisen. Der süßliche Marihuanageruch hing in einer geballten Wolke unter der Decke. In einem tiefen Teller, direkt auf dem Boden, lag eine Unmenge bunter Pillen.

Mara wurde angeglotzt, aber keine der Ladys äußerte einen Ton.

Ein fast surrealer Moment der Stille.

Dann tauchte die Frau im Bademantel neben ihr auf und beschimpfte sie, gefolgt von Rosen, der seinerseits auf Mara einredete: »Billinsky, ich halte das für keine gute Idee. Wir können nicht einfach hier reinmarschieren und ...« Auch die drei Frauen fingen an, sich mit saftigen Ausdrücken über den Überfall zu beschweren.

»Klappe halten! Und zwar alle!«, rief Mara und zog ihren Dienstausweis.

Schlagartig war es mucksmäuschenstill.

»Hört zu, Mädels«, sagte Mara mit fester Stimme. »Ihr seid uns gleich wieder los. Jedenfalls drei von euch.« Nacheinander blickte sie in die Gesichter der Frauen. »Wer von euch ist Olga?«

Schweigen schlug ihr entgegen.

»Wer von euch ist Olga?«

Nach wie vor – keine Antwort.

»Wer von euch ist Olga?«

»Das ist Hausfriedensbruch«, kam es mit starkem osteuropäischem Akzent von der Frau im Bademantel.

»Mir scheißegal, was das ist«, erwiderte Mara unmissverständlich. »Wir nehmen euch alle vier mit und vergessen euch mindestens eine Nacht lang in der Zelle. Und dann gehen wir euch richtig auf den Geist. Verlangen Aufenthaltsgenehmigungen, Ausweise, wir spielen alles schön durch, und wenn wir euch irgendwann wieder gehen lassen, könnt ihr euren Zuhältern erklären, warum ihr kein Geld herangeschafft habt. Und wenn sie euch nach einer Tracht Prügel vielleicht gnädigerweise verziehen haben, dann tauchen wir wieder auf und nehmen euch wieder mit.«

Sie ließ die Worte wirken, ehe sie ganz ruhig anfügte: »Wer von euch ist Olga?«

Ein paar Augenblicke verstrichen, ohne dass etwas gesagt wurde.

»Ihr seid zu spät«, kam es dann von einer Rothaarigen mit besonders kurzem Minirock. »Olga ist nicht mehr hier.«

»Schon lange nicht mehr«, fügte eine falsche Blondine an.

»Wo ist sie?«, fragte Mara.

»Am Arsch ist sie. Total am Arsch.«

»Wo ist sie?«, wiederholte Mara.

»Ihr habt Glück, wenn ihr sie noch findet.« Die Rothaarige zuckte gleichgültig die Achseln.

»Die ist bestimmt längst abgekratzt«, ergänzte die Blonde.

»Mal angenommen, sie wäre doch noch halbwegs unter uns Lebenden«, sagte Mara. »Wo zum Teufel finden wir sie?«

16

Später Nachmittag, fast schon Feierabendzeit. Das Wetter hatte sich seit der stürmischen Nacht ein wenig beruhigt, doch Grau war noch immer die vorherrschende Farbe in der Stadt. Nass schimmernder Asphalt, zerfetzte Wolken, kühle Windböen.

Die vierspurige Hanauer Landstraße war in beiden Richtungen vollgestopft mit Fahrzeugen. Werbeagenturen, Tonstudios, Dönerbuden, ein paar noch recht neue Hotels, Autohändler, Einrichtungshäuer – immer mehr Firmen und Gastronomiebetriebe entstanden hier.

Mara Billinsky hatte seit ihrem letzten Besuch der Gegend gelernt und ihren Alfa diesmal ein ganzes Stück abseits abgestellt. Auf der anderen Seite der S-Bahn-Schienen des Ostbahnhofs war es leichter, eine Parklücke aufzutreiben. Seit einiger Zeit stand sie schon unter dem Vordach eines Asia-Snacks, wo sie eine kleine und so scharfe Zwischenmahlzeit eingenommen hatte, dass ihr die Tränen in die Augen getreten waren.

Als ihr die kalte Luft allmählich zuzusetzen begann, entdeckte sie die Frau, wegen der sie hierhergekommen war. Sie wusste, wie sie aussah. Es war kein Problem gewesen, ihr Foto im Netz zu finden. Die Werbeagentur, in der Nele Goldbach tätig war, zeigte auf der Unternehmenswebsite eine Portraitaufnahme jedes einzelnen Mitarbeiters.

Nele Goldbach überquerte die Hanauer Landstraße an einem Fußgängerübergang und schien Kurs auf einen am Bürgersteig geparkten knallroten Mini zu nehmen. Sie hatte den Wagen fast erreicht, als sie einen Schlüssel hervorzog – jedoch plötzlich innehielt.

Ihr Blick fiel auf Mara, die langsam auf sie zukam.

Nele Goldbach war attraktiv, Mitte vierzig, und wirkte genau wie ihr Mann einige Jahre jünger. Schlanke, sportliche Figur, kecke Kurzhaarfrisur. Bekleidet war sie mit modischen Jeans, hohen Schuhen und einem lässig geschnittenen Mantel.

Mara blieb vor ihr stehen und sagte nichts.

Nele Goldbach musterte sie von oben bis unten. »Sie müssen diese Polizistin sein.«

»Genau die bin ich.«

»Mein Mann hat mir von Ihrem Besuch berichtet.«

»Das kann ich mir vorstellen«, gab Mara trocken zurück.

»Was wollen Sie von mir?«

»Ihnen lediglich ein paar Fragen stellen.«

»Sie hätten sich ankündigen können.«

»Es wird nicht lange dauern.« Mara wies die Straße entlang. »Dort hinten habe ich ein kleines Café entdeckt.«

Die Frau schien zu überlegen, dann signalisierte sie mit einem verhaltenen Nicken ihr Einverständnis.

Nur Minuten darauf nahmen sie einen der Stehtische, die allesamt frei waren, in Beschlag, direkt an einem zur Hanauer Landstraße gelegenen Fenster. Sie bestellten sich beide einen Espresso.

»Kannten Sie sie persönlich?«, fragte Mara unvermittelt. Sie hatte noch nie viel von Vorgeplänkel gehalten.

»Sie meinen Annalena Maruth, nehme ich an.« Nele Goldbach blickte kurz auf den Tisch, auf dem nur ein Zuckerstreuer stand, dann wieder fest in Maras Augen. »Ich habe sie nie getroffen. Und auch nie das Bedürfnis gehabt.«

»Was dachten Sie, als Ihnen Ihr Mann von dem Vorwurf der sexuellen Belästigung berichtet hat?«

»Ich konnte es erst nicht glauben.«

»Erst nicht?«, hakte Mara ein. »Später schon?«

»Nein, auch später nicht. Er hat nie den Verdacht in mir erweckt, dass er etwas mit anderen Frauen hatte. Weder davor noch danach.« Betont fügte sie hinzu: »Wir vertrauen uns voll und ganz.«

Die Espressos wurden serviert, dazu je ein Glas Wasser. Jede von ihnen trank einen Schluck von dem Kaffee.

»Demnach wussten Sie an jenem Abend, als Ihr Mann sich mit Annalena traf, um auszugehen, mit wem er unterwegs war.«

Nele Goldbach taxierte Mara mit einem schwer einschätzbaren Blick. »Diese Frage hätte ich an Ihrer Stelle auch gestellt.«

»Und wie lautet die Antwort.«

»Ja, ich wusste, mit wem er sich an diesem Abend traf.«

»Und Sie hatten nichts dagegen?«

»Nein, ich hatte nichts dagegen.« Sie trank noch einmal von der kleinen Tasse. »Die beiden hatten davor häufig zusammenarbeiten müssen, und ich wusste, dass sie sich gut verstanden.«

»Hm«, sagte Mara nachdenklich. »Keine Eifersucht?«

»Bitte?«

»Waren Sie nicht eifersüchtig?«

»Ach, ich bitte Sie.« Nele Goldbach lachte. Und es wirkte auf Mara nicht gespielt, sondern überzeugend. »Nicht im Geringsten. Mein Mann war danach zerknirscht, er hatte ein schlechtes Gewissen, dass er sich überhaupt mit der Frau verabredet hatte, aber das war's auch. Der Vorfall war kein Thema mehr zwischen uns, und das sehr schnell.«

»Und …«

»Hören Sie bitte zu«, wurde Mara sofort unterbrochen. »Sie ermitteln doch nicht wegen sexueller Belästigung, sondern wegen eines viel, viel schwereren Verbrechens.«

»Ich muss dennoch alles in Betracht ziehen, was …« Diesmal stoppte Mara von selbst. »Was wollen Sie mir sagen?«

»Wenn Sie meinen Mann irgendwie mit dem Mord an diesem armen jungen Ding in Verbindung bringen können, dann sagen Sie es. Wenn nicht, lassen Sie uns bitte in Frieden. Mein Mann ist kein Mörder, er zerstückelt keine Menschen.«

Mara erwiderte nichts.

Die Frauen maßen sich mit einem langen Blick. Mara hatte Roman Goldbach nicht sonderlich sympathisch gefunden, doch bei Nele Goldbach war das anders. Sie gestand sich ein, dass ihr die ungekünstelte, direkte Art der Frau gefiel.

»Wenn Sie also keine Fragen mehr haben …«

Mara schüttelte den Kopf. »Nein, habe ich nicht.«

»Das dachte ich mir.«

»Jedenfalls für den Moment.«

Nele Goldbach signalisierte der Bedienung, dass sie zahlen wollte, Mara hingegen bestellte noch einen weiteren Espresso. Als sie kurz darauf allein an dem Tisch stand, dachte sie an den grausigen Fund in dem Industriegebiet. Sie dachte an die Gespräche mit Roman und Max Goldbach und ließ Nele Goldbachs Bemerkungen Revue passieren.

Es war schwer, Goldbach mit dem Bild in Verbindung zu bringen, das sich ihr in dem Schuppen geboten hatte, so viel war klar.

Eine Äußerung Jan Rosens kam ihr in den Sinn: Wem sieht man den Killer schon an?

Und erneut musste sie an Nele Goldbach denken. Hatte die Frau tatsächlich über den Dingen gestanden, wie sie es dargestellt hatte, oder war sie am Ende doch eifersüchtig auf Annalena Maruth gewesen? Überhaupt – steckte etwa viel mehr hinter der Goldbach-Maruth-Geschichte als nur ein einziger gemeinsam verbrachter Abend? Sie hätte sich gern noch einmal mit Annalenas Freundin Carmen Fischer getroffen, doch die junge Frau befand sich auf einem beruflichen Seminar und war nur schwer zu erreichen – zumal ein Telefonat bei solchen Gesprächen meist nicht hilfreich war. Also musste Mara noch ein wenig Geduld haben.

Die vielen offenen Fragen beschäftigten sie auch noch, als sie etwa eine halbe Stunde später das Präsidium erreichte. Im Gebäude ging sie an ihrem Großraumbüro vorüber und klopfte bei Klimmt an. Doch sein Büro war leer. Von ihrem Kollegen Schleyer erfuhr sie, dass der Hauptkommissar sie gesucht habe und mit Rosen in einem Besprechungszimmer verschwunden sei.

Dort stieß sie auf die beiden, die nicht in ein Gespräch vertieft waren, sondern jeder für sich hing offenbar den eigenen Gedanken nach. Auf dem Tisch verstreut lagen Berichte, Notizen und Fotos, die von der Spurensicherung am Tatort angefertigt worden waren. Auf einem davon schienen Annalena Maruths tote Augen auf unheimliche Art schon wieder Ausschau nach Mara zu halten.

Noch ehe sie Platz genommen hatte, blaffte Klimmt sie in typischer Manier an: »Wo zum Henker treiben Sie sich eigentlich immer herum?«

»Ich arbeite. Was sonst?«

»Woran, wenn man fragen darf?« Er rieb sich mit der Hand sein nachlässig rasiertes Kinn. »Etwa an der Goldbach-Spur, die gar keine verdammte Spur ist?«

Mara empfand sich selbst sicherlich auch nicht als wandelnden Sonnenschein, aber wie konnte ein Mensch so oft schlechte Laune haben wie Klimmt? »Dranbleiben muss man trotzdem«, erwiderte sie dumpf. »Zumindest so lange, bis sich zweifelsfrei herausstellt, dass es keine Spur ist.«

Er musterte sie aus müden Augen. »Wie Sie sich anhören«, sagte er verbindlicher, »glauben Sie ja selbst nicht dran.«

Diesmal gab sie keine Antwort. Mittlerweile kannte er sie eben ganz gut, und gelegentlich ließ sie sich von dieser Tatsache noch überraschen.

»Ehrlich gesagt«, meldete sich Rosen zu Wort, »hatte ich ja von Anfang an Zweifel an Goldbach.«

»Sehe ich auch so«, stimmte Klimmt zu. »Das ist doch kein Mensch, der eine junge Frau bestialisch ermordet, ihre Leiche zerteilt und sich über Jahre hinweg an den konservierten Stücken aufgeilt.«

»Wer ist das schon!«, warf Mara leise ein. Unwillig sah sie vor sich hin. Es gefiel ihr ganz und gar nicht, dass sie mit der Richtung, die sie fast im Alleingang eingeschlagen hatte, nicht vorankam.

»Goldbach legt vielleicht Steaks fürs Wochenendgrillen ein«, fuhr Klimmt überflüssigerweise fort, »aber beim besten Willen keine abgeschlachtete Frau.«

Nach diesen Worten erfüllten mehr noch als die Fotografien die entsetzlichen Details des Falles wieder den Raum, erdrückend und düster.

»Und dieser Chul Hong?«, gab Mara zu bedenken. »Was deutet denn tatsächlich darauf hin, dass *er* Annalena Maruth abgeschlachtet hat? Das Einzige, was wir über ihn wissen, ist nun mal, dass wir eigentlich gar nichts über ihn wissen.«

»Außer dass er sich mit dem Opfer traf«, bemerkte Rosen. »Häufiger. Dass etwas zwischen den beiden war. Wohl mehr als nur *etwas.*«

»Aber Chul Hong ist ein Gangster«, sagte Mara kopfschüttelnd.

»Eben.« Rosen hob die Hand. »Womöglich der Killer der Gang. Derjenige, der Mord zu seinem Geschäft gemacht hat. Der weiß, wie's geht.«

Mara knallte die Ellbogen auf die Tischplatte und stützte mit den Händen ihr Kinn. »Also, wenn er dieser Mord-Profi ist, wie es sich andeutet – wenn er wirklich einer ist, der Menschen fachmännisch um die Ecke bringt, dann ist er doch darauf gepolt, keine Spuren zu hinterlassen, schon gar nicht Leichenteile in Formalin. Wenn er ein Killer ist, ohne je auf unserem Radar aufgetaucht zu sein, heißt das, dass er seinen Job verdammt gut macht. Der ist kein perverser Sadist mit dem Hackebeil.«

»Wie können wir da so sicher sein?«, widersprach Rosen. »Wir dürfen nicht vergessen: Im Gegensatz zu jemandem wie Goldbach kennt Hong sich immerhin mit dem Töten aus. Für ihn ist der Tod Alltag. Und wer sagt, dass er keinen abartigen Genuss daran empfindet? Vielleicht war er bis über beide Ohren verknallt in Annalena. Mehr als das. Regelrecht besessen von ihr. Und sie hat den Nervenkitzel geliebt, sich mit einem *Bad Boy* einzulassen. Aber als sie genug davon hatte oder ihr sein Lebensumfeld Angst einjagte, hat sie ihn verlassen. Eine Demütigung, die er nicht verkraftet hat. Er hat sich gerächt. Auf schlimmstmögliche Art.«

»Schon klar, dass wir es mit einem perversen Schwein zu tun haben«, meinte Mara, »aber solche Typen kommen nicht aus Verbrecherkreisen. So paradox das auch klingen mag.«

»Ich bleibe dabei«, meinte Rosen ungewohnt beharrlich. »Sicher, es gibt die Leichenteile. Aber keine Spuren, die direkt vom Mörder stammen. Keine Fingerabdrücke, DNA und so weiter. Also ist er professionell oder zumindest überaus sorgsam vorgegangen. Chul Hong kann unser Mann sein.« Leiser fügte er hinzu: »Annalena hat mit der finsteren, aber faszinierenden Seite der Stadt geflirtet – und dort ihr Verderben gefunden.«

»Scheiße, Rosen, sitzt du sonntags nachmittags immer zu Hause und schreibst Gedichte?« Mara grinste ihn schief an.

Er wurde rot. »Sorry, aber wie man es auch ausdrückt, für mich ist das bislang die einzige denkbare Option. Wir haben Annalenas Alltag, ihr ganzes Leben unter die Lupe genommen, und es gibt nichts darin, was auf ein solch schlimmes Ende hinweisen könnte – bis auf Chul Hong. Er ist der einzige Punkt, der nicht reinpasst in dieses Leben.«

Mara warf Klimmt einen Blick zu. »Sie sagen ja gar nichts. Die ganze Zeit schon.«

»Dafür plappert ihr beide genügend. Neues hat allerdings keiner von euch zu bieten.«

»Es ist eben wirklich vertrackt«, antwortete Rosen, und er wusste wohl selbst, wie lahm er sich anhörte.

Klimmt sah von ihm zu Mara. »Also, was Goldbach angeht, kommen wir nicht weiter. Sexuelle Belästigung. Ja, nein, vielleicht? Scheißegal. Nichts deutet auf ihn als Mörder hin. Wie ich schon sagte: Zeitverschwendung.«

»Das können wir erst beurteilen«, widersprach Mara, »wenn wir das wirklich rundum abgeklopft haben und …«

»Nein, Billinsky«, unterbrach er sie. »Was ihn betrifft, haben wir nichts in der Hand. Akzeptieren Sie es endlich. Wie sieht es mit Chul Hong aus? Ähnlich. Es sei denn, wir kriegen endlich diese verfluchte Olga. Habt ihr denn da gar nichts Neues zu berichten?«

Rosen machte eine entschuldigende Geste. »Gleich nachdem wir von Olgas ehemaligen Kolleginnen den Hinweis erhalten haben, dass sie ziemlich vor die Hunde gekommen ist und schon seit einiger Zeit auf der Straße anschafft, sind wir los und haben den Straßenstrich in Frankfurt und auch mehrere Locations außerhalb der Stadt abgeklappert. Gestern noch die ganze Nacht lang. Wir haben eine recht gute Beschreibung von ihr, aber das ist trotzdem wie die Nadel im Heuhaufen.«

»Dann finden Sie die scheiß Nadel«, gab Klimmt unbeeindruckt und stoisch zurück. »Denn wenn Sie das nicht schaffen, müssen Sie wieder bei null anfangen. Und das heißt, Annalena Maruths Leben von vorn durchkämmen. Rosen, vorhin sagten Sie, das hätten Sie bereits getan. Aber ich prophezeie Ihnen, wenn mit Chul Hong und Olga die nächste Sackgasse auf uns wartet, geht der ganze Mist von Neuem los.« Verdrossen strich Klimmt sich über seinen Schnauzbart. »Der Mord hat verdammt viel Staub aufgewirbelt. Die Boulevardpresse weidet sich an der Sache. Ständig bringen sie neue angebliche Details aus dem Leben des Opfers, und noch schlimmer: neue Fotos. Annalena M. beim Snowboarden, beim Silvesterfeiern, beim was weiß ich. Wer so viel in der digitalen Welt unterwegs war wie sie, hinterlässt einen ganzen Schrank von Bildern, die immer wieder hervorgekramt werden können.« Er machte eine Pause und schnaufte durch. »Wir brauchen ein Ergebnis. Der Fall darf nicht zu den Akten wandern.«

»Das ist uns klar, Chef«, sagte Rosen mit gesenktem Blick.

»Ihnen auch, Billinsky? Plötzlich sind Sie ja so ungewohnt still.«

»Ich finde nach wie vor, wir sollten Goldbach nicht völlig außer Acht …«

»Billinsky!«, brüllte Klimmt. »Schaffen Sie mir erst mal diese Olga heran. Und dann Chul Hong.« Leiser, aber keinen Deut verbindlicher setzte er hinzu: »Und vergessen Sie Goldbach!«

17

Es war dunkel. Kaum noch Regen. Der Wind pfiff durch die hohen Gebäude an der Theodor-Heuss-Allee. Autos brausten vorbei. Die Zufahrt zur A648 war nicht weit. Ebenfalls in der Nähe ragte der Messeturm mit seiner auffälligen Pyramidenspitze auf.

»Besser, du machst dich mal ein Stück kleiner«, sagte Rosen, der das Tempo beträchtlich verringerte. Ausnahmsweise waren sie in seinem Wagen unterwegs, einem BMW.

Mara Billinsky rutschte wortlos von der Rückbank und quetschte sich in den engen Raum, der hinter dem ganz nach vorn geschobenen Beifahrersitz zur Verfügung stand.

»Gut, dass du zur eher schlanken Fraktion der Kollegen gehörst«, meinte Rosen in einem seltenen Anflug von Humor.

»Klimmt hätte hier jedenfalls mehr Probleme«, kommentierte sie trocken.

Noch weniger Tempo, fast Schrittgeschwindigkeit, weiter Richtung Emser Brücke und Galvanisstraße.

»Gut, dass es aufgehört hat zu regnen, sonst wäre hier noch weniger los«, sagte Rosen, beinahe wie im Selbstgespräch. »Vielleicht haben wir endlich mal Glück.«

Mara schwieg und kauerte weiterhin reglos in ihrer unbequemen Position, spähte aber am unteren Fensterrand ins Freie.

Klapphocker am Fahrbahnrand, vereinzelte Silhouetten von Frauen, aus einer Tonne züngelten Flammen. Nicht nur gegen die Kälte, auch um einen Lichtschein auf die Huren zu werfen, damit sie von den Freiern nicht übersehen wurden.

»Kopf runter!«, zischte Rosen jäh.

Sie tat sofort, was er wollte. Gleich darauf brachte er seinen Wagen zum Stehen und ließ das Beifahrerfenster herunter. Mara hörte das Klacken von Absätzen. Eine weibliche Stimme mit Akzent ertönte: »Na, mein Schatz, Lust auf einen wilden Ausritt?«

»Ähhh«, sagte Rosen, wie nur er das sagen konnte.

Die Frau lachte. »Wie süß, ein Schüchterner. Aber keine Angst, wir beide werden uns schon gut verstehen.« Geschäftsmäßig ratterte sie ihre Service-Highlights mit jeweiligem Preis herunter.

»Okay«, erwiderte Rosen gepresst. »Einverstanden.«

»Wie? Alles?« Erneut das Lachen. »Weißt du was, ich setz mich einfach mal zu dir, und wir fahren zu einer schönen Stelle, wo wir ungestört sind.«

Schon ließ sich die Frau auf dem Beifahrersitz nieder. Rosen setzte seinen BMW wieder in Bewegung.

Sie wies ihn an, wo es langging. Kurze Zeit später parkte er am Rand einer Betonmauer, hinter der der Autobahnverkehr rauschte. Er schaltete die Innenraumbeleuchtung ein, die das Fahrzeug sofort in warmes Licht tauchte, dann auch das Gebläse.

Mara kam zum Vorschein und nahm auf der Rückbank Platz.

»Hallo, Olga«, sagte sie schlicht.

Die Frau erschrak fürchterlich. »Hey!«, kreischte sie auf. »Was soll das? Wenn das ein Dreier werden soll, dann will ich …«

»Klappe, Olga«, unterbrach Mara sie.

Olga stutzte. »Woher weißt du, wie ich heiße?«

Mara und Rosen präsentierten ihre Dienstausweise.

»Scheiße!«, zischte die Frau. Ihr Blick verfinsterte sich.

»Keine Sorge, Olga, wir wollen nur ein paar Informationen, dann lassen wir dich in Ruhe.«

Ihre früheren Kolleginnen hatten nicht übertrieben. Olga sah ziemlich mitgenommen aus. Das Licht war erbarmungslos und zeigte eine fahle ungesunde Gesichtshaut, rau wie Pergament. Dunkle Ringe unter den fiebrig rötlichen Augen, zittrige Hände, die im Schoß zuckten. Bei ihren raschen Worten hatte die Frau eine Zahnlücke präsentiert. Sie musste etwa Anfang zwanzig sein, doch sie wirkte viel, viel älter. Die Drogen und das, was ihr Alltag, ihr Dasein war. Mara war schon etlichen wie ihr begegnet, und der Anblick versetzte ihr jedes Mal einen Stich. Dennoch musste man darüber hinweggehen, konnte sich nicht mit einem weiteren verpfuschten Leben aufhalten.

Aber hinzu kam etwas anderes, das Mara ins Auge fiel. Etwas, das ihr ein kurzes Rieseln am Rückgrat bescherte.

»Chul Hong«, sagte sie dann ganz plötzlich, wie sie es gern tat.

Olga drehte sich zu ihr herum und betrachtete sie irritiert. »Was?«

»Chul Hong.«

»Für mich mit Reis, süß-sauer.« Offensichtlich hatte sie ihren ersten Schreck überwunden.

»Ich habe auch Humor, Olga«, entgegnete Mara ruhig. »Allerdings nicht, wenn es um zerstückelte Mordopfer geht. Sieh mal, wir wissen, dass du Chul Hong kennst. Wir wissen, dass er mal ziemlich verrückt nach dir war. Wir wissen, dass du jetzt den Mund aufmachen wirst. Und zwar ganz ohne Witzchen.«

Olga starrte nach unten und presste die Lippen zusammen.

»Fangen wir an«, sagte Mara. »Wann hast du ihn zuletzt gesehen?«

Ein knappes Schulterzucken. »Das ist lange her. Sehr lange. Mindestens ein Jahr.« Sie seufzte. Nicht gespielt, nicht theatralisch, einfach nur traurig. »Es war ein Scheißjahr für mich. Schlimmer als alle davor. Und das will was heißen, das könnt ihr mir glauben.«

»Er hat oft deine Dienste in Anspruch genommen, oder?«

»Es ist nicht gut, über jemanden wie Chul zu sprechen.«

»Niemand wird erfahren, dass du mit uns redest. Mein Kollege wird dich nachher unauffällig dort absetzen, wo du eingestiegen bist. Wie ein gewöhnlicher Kunde.« Mara ließ die Worte wirken. »Zurück zu Chul Hong.«

Olga nickte zögernd. »Ja. Damals war er ganz verrückt nach mir. Kann man sich heute nicht mehr vorstellen, was? Aber ich sah mal echt scharf aus. Er hat gut bezahlt, das muss man ihm lassen.«

Mara und Rosen wechselten einen verstohlenen Blick. Jetzt kam die entscheidende Phase. Ein Anfang war geschafft, aber würde Olga weiterhin den Mund aufmachen?

»Wusstest du, wie er sein Geld verdiente?«, fragte Mara.

»Ich wusste, dass er ein Verbrecher war. Und dass man ihn nicht zum Feind haben durfte.«

»Wusstest du, welche Art von Verbrechen er beging?«

Olga druckste herum, dann meinte sie: »Schlimme Verbrechen.«

»Sprich es bitte aus, Olga. Ich garantiere dir, niemand wird davon erfahren.« Mara hatte so etwas schon unzählige Male garantiert – ohne eigentlich dazu in der Lage zu sein. Aber so lief das Spiel. Oft genug ein Scheißspiel.

»Ich sage gar nichts dazu, das geht mich nichts an.«

»Hast du gehört, dass er schon mal jemanden umgebracht haben soll?«

Schweigen.

»Olga?«

Schließlich nickte sie wieder. »Es sprach sich herum«, raunte sie fast nicht hörbar, »dass er ein Auftragskiller sein soll. Aber nicht offen, nur hinter vorgehaltener Hand.«

Wieder wechselten Mara und Rosen einen schnellen Blick.

»Hatte Chul abartige Wünsche?«

»Zeigt mir einen da draußen, der nicht abartig ist.«

»Stichwort Gewalt.«

»Die harte Tour? Hm, nicht direkt. Aber manchmal konnte der Gaul schon mit ihm durchgehen.«

»Schläge?«

»Ja, Schläge. Aber da gibt's Schlimmere. Meistens war's mit ihm eine halbwegs normale Sexnummer.«

»Wo fanden diese Nummern statt?«

»Zuerst in dem Puff, in dem ich damals angeschafft habe. In der Moselstraße. Aber dann hat Chul verlangt, dass ich ihn besuche.«

»Wo?«, wollte Mara sofort wissen.

»Das waren verschiedene Orte. Ich hatte den Eindruck, dass er ein verdammt vorsichtiger Mann war. Er schien darauf zu achten, sich nicht zu oft oder zu lange an ein und derselben Stelle aufzuhalten.«

Als Mara erneut nachfragte, zählte Olga mehrere Treffpunkte auf.

Danach war nicht mehr viel aus ihr herauszubekommen. Wie angekündigt, setzte Rosen sie wieder am Straßenstrich ab, während Mara im Fond auf Tauchstation ging, weil es sonst wesentlich auffälliger gewesen wäre.

Kurz darauf, bei der Rückfahrt zum Präsidium, herrschte erst einmal Schweigen zwischen ihnen. Jeder musste sich seine eigenen Gedanken machen. Dann platzte es jäh aus Mara heraus: »Rosen, dir ist es auch aufgefallen, oder?«

Er warf ihr einen Seitenblick zu. »Ja.«

»Wenn man sich Olga in etwas besserer Verfassung vorstellt, gepflegter gesünder und so weiter, dann gibt es keinen Zweifel, stimmt's?«

»Ich weiß genau, was du meinst.«

Mara nickte. »Olga hat eine verdammte Ähnlichkeit mit Annalena Maruth.«

»Die großen Augen, die Gesichtsform, die dunkelblonden, langen, glatten Haare.«

»Ja, eine verdammte Ähnlichkeit«, wiederholte Mara.

18

Sie betrat den Raum, den er als Büro nutzte, und stellte die Tasse Tee, die sie für ihn zubereitet hatte, vor ihm auf dem Schreibtisch ab.

»Du bist ein Schatz«, sagte Roman Goldbach. Er sah dabei nicht von seinem Monitor auf.

Ohne es eigentlich zu wollen, blieb Nele noch bei ihm stehen, eine Hand auf seiner Schulter. Er erstellte Layouts für die neue Anzeigenserie eines Mineralwasserherstellers. Es war eine gute Phase, denn zurzeit erhielt er sehr viele Aufträge unterschiedlich großer Werbeagenturen, und dass er – wie jetzt – bis in den späten Abend arbeitete, war keine Seltenheit.

Er nippte an seinem Tee, den Blick unverwandt auf den Monitor gerichtet.

Nele postierte sich nun genau hinter ihm und begann seinen Nacken zu massieren. Das mochte er, sie wusste es. Klar, sie kannte ihn wie keinen anderen Menschen, und doch fragte sie sich, während sie die Muskelstränge seiner Schulterpartie kräftig knetete, wie gut man eine Person wirklich kennen konnte. Selbst denjenigen, mit dem man sein Leben teilte.

Die Wohnungstür wurde geschlossen, sehr leise, aber sie hörte es trotzdem. Max. Er machte sich auf den Weg zu Kristina, seiner Freundin, um mit ihr noch mal über alles zu sprechen, wie er sich ausgedrückt hatte. Um sie umzustimmen. Er wollte nicht, dass die Beziehung in die Brüche ging. Ob er sich Hoffnungen machen durfte? Nele hatte nicht die leiseste Ahnung, sie hatte den ganzen Abend auch nicht mehr daran gedacht. Dabei war es wichtig für ihren Sohn. Es lag an dem Gespräch mit der Kommissarin, dass Nele es vergessen hatte. Die Unterhaltung mit der eigenwilligen, schwarz gekleideten Frau geisterte nach wie vor unablässig durch ihren Kopf.

Roman schob Neles Hände fort. »Ich muss mich konzentrieren«, murmelte er.

Nele verschränkte die Arme vor der Brust und betrachtete seinen Hinterkopf mehrere Sekunden lang, als wäre es auf diese Art möglich, seine Gedanken zu lesen, dann wandte sie sich ab, um das Zimmer zu verlassen.

Wie gut konnte man einen Menschen wirklich kennen?, fragte sie sich erneut.

19

Unterstützt von vier bestens ausgerüsteten Beamten eines mobilen Sondereinsatzkommandos näherten sich Mara Billinsky und Jan Rosen dem Haus.

Kalt und wolkenverhangen hatte sich die Nacht auf die Stadt herabgesenkt.

Eine Nacht, die sie einen entscheidenden Schritt weiterbringen konnte.

Sie hielten inne. Mit raschen Blicken verständigten sie sich. Es ging los.

In den zurückliegenden vierundzwanzig Stunden hatten sie sich über das Gebäude hinlänglich informiert. Ein unscheinbarer Bau in einer ebenso unscheinbaren Wohngegend unweit der City. Kastenförmig, vier Stockwerke, viele kleine Einzimmerapartments.

Studenten, Pendler, Angestellte mit bescheidenen Einkommen. Solche Leute wohnten hier. Außerdem ein Mann aus Südkorea, dem Verbindungen in Verbrecherkreise nachgesagt wurden. Zumindest wenn man Olgas Angaben Vertrauen schenken konnte. Eines der Apartments in der ersten Etage sollte jedenfalls von Chul Hong bezogen worden sein, selbstverständlich unter einem Falschnamen.

Sie hatten sich in dieser Straße umgesehen und umgehört, auch mit dem Hausmeister gesprochen, der im Erdgeschoss wohnte und zunächst ausgesagt hatte, der betreffende Mieter sei bereits länger nicht mehr gesehen worden, die Miete würde er allerdings regelmäßig und pünktlich überweisen.

Dann erfolgte jedoch vor nur zwei Stunden ein Anruf des Hausmeisters. Der Mieter sei überraschend wieder aufgetaucht, er sei ihm im Treppenhaus begegnet.

Ja, tatsächlich: eine Nacht, die sie einen entscheidenden Schritt weiterbringen konnte.

Mara verspürte ein Kribbeln. Vertraut und doch immer wieder neu, immer wieder beunruhigend. Diese bestimmte Anspannung, diese Nervosität, aber auch das Adrenalin, das in jede Faser ihres Körpers drang. Wie alle anderen war auch sie nicht immun gegen Angst, ganz und gar nicht. Solche Situationen jedoch hatten immer schon einen Reiz auf sie ausgeübt. Sie mochte es, wenn etwas bevorstand, wenn Ereignisse mit ungewissem Ausgang auf einen zuzurasen schienen wie eine Lawine. Als würde sie erst dann so richtig spüren, dass sie am Leben war.

Bei Rosen war es das genaue Gegenteil. Man sah es ihm schon an der bleichen, verzerrten Miene an, mit der er wortlos neben ihr stand, der Mund eine verkniffene Kerbe.

Achtundvierzig Stunden waren seit der Befragung von Olga vergangen. Die Prostituierte hatte mehrere Orte in der Stadt genannt, die der geheimnisvolle Koreaner als Unterschlupf nutzte, sowohl mitten im Bahnhofsviertel als auch in einem gewissen Radius um das Gebiet herum. Die Orte standen unter Beobachtung, doch nur hier tat sich etwas. Jedenfalls bestand, seit der Hausmeister sich unerwartet gemeldet hatte, diese Hoffnung.

Nun war es nach Mitternacht. Nieselregen fiel. Eine Windböe peitschte auf. Dicker Nebel, aus dem in einiger Entfernung die beleuchteten Bankentürme stachen, hatte sich in Schichten auf die Stadt gelegt. Kaum noch Verkehr, kaum noch erleuchtete Fenster ringsum.

Erneut verständigten sie sich ohne ein Wort, nur mit Blicken.

Mara und Rosen gingen voran.

Wie zuvor abgesprochen klingelte sie beim Hausmeister. Ein Summen, die Tür ging auf. Der Hausmeister hatte auf Anweisung dafür gesorgt, dass das Licht, das eigentlich auf einen Bewegungsmelder reagierte, ausblieb.

Nahezu lautlos stiegen sie in der Dunkelheit die Treppe hinauf. Jetzt ließen SEK-Beamte ihre Helmleuchten grell in den Flur des ersten Stockwerks stechen.

Sechs Türen links, sechs Türe rechts, genau wie es ein rasch besorgter Plan mit dem Grundriss des Gebäudes gezeigt hatte. Die letzte auf der rechten Seite war das Ziel. Kein Hinterausgang. Höchstens das Fenster zum Hof auf der Rückseite bot eine Chance zur Flucht. Doch sie wollten dem Mann gar nicht erst die Zeit geben, auch nur daran zu denken.

Sie erreichten das Ende des Flurs. Je ein Mann des Kommandos postierte sich links und rechts der Tür des Apartments. Die beiden anderen stellten sich unmittelbar vor die Tür.

Totenstille.

Mara spürte das Adrenalin, die Anspannung, die Nervosität, nur im Vergleich zu vorhin vielfach erhöht. Sie zog ihre Dienstpistole, Rosen tat es ihr gleich.

Mit den Fingern zählte Mara von drei auf eins herunter.

Ein gewaltiges Krachen zerfetzte die Stille, als die Tür aufgebrochen wurde. Gefolgt von Mara und Rosen drangen die vier uniformierten Beamten in die Wohnung ein, die Waffen im Anschlag.

20

Hauptkommissar Klimmt ließ sich auf den Drehstuhl fallen. Die Luft in seinem Büro war abgestanden, die Heizung zu hoch eingestellt. Er roch den Schweiß, der sich wie Kleister auf seine Haut gelegt hatte, doch er war zu müde, um aufzustehen und das Fenster für ein paar Minuten zu öffnen und eine Ladung Sauerstoff hereinzulassen.

Durchschnaufen, die Gedanken ordnen, sich sammeln.

Dank Branko Buljan, der mehr oder weniger freiwillig den Anfang gemacht hatte, war es ihnen gelungen, weitere Zeugen aufzutreiben, die bereit waren, gegen die drei Koreaner auszusagen.

Wie es schien, würde man sie vor Gericht bringen können. Zu oft hatten sie ihre Finger in den Drogenhandel gesteckt, zu viele Kontakte hatten sich dadurch ergeben, die ihnen jetzt im Zusammenhang mit einer guten Anklagestrategie zum Verhängnis werden konnten.

Doch mehr als ein Durchschnaufen bedeutete das für Klimmt tatsächlich nicht. Denn in dem Fall, der Vorrang hatte, kamen sie einfach nicht voran. Die Presse saß ihnen im Nacken und übte immer stärkeren Druck aus, was auch für die Staatsanwaltschaft galt, vor allem für Staatsanwalt Christian von Lingert, mit dem Klimmt sich nicht sonderlich gut verstand. Aber mit wem tat er das schon?

Chul Hong war der einzige Verdächtige im Mordfall Annalena Maruth. Falls man ihn überhaupt so nennen konnte. Offenkundig wusste er längst, dass sie hinter ihm her waren, sonst wäre er kaum abgetaucht. Denn das Apartment in dem unscheinbaren Wohnblock war ein Fehlschlag gewesen. Leere hatte die Beamten vor zwei Tagen darin empfangen. Der Vogel war schon wieder ausgeflogen, noch bevor sie eingetroffen waren und ohne dass der umtriebige Hausmeister es mitbekommen hatte.

Und Chul Hongs drei Freunde schwiegen nach wie vor eisern. Nicht nur was ihre eigenen Beteiligungen bei Gesetzesübertretungen betraf, sondern auch, was ihn und seinen möglichen Aufenthaltsort anging. Sie bezeichneten ein solches Verhalten wahrscheinlich als Ehrenkodex, für den Hauptkommissar bedeutete es nur noch mehr Schwierigkeiten.

Wenn sie Chul Hong nicht fassten, stünde Klimmt vor der Öffentlichkeit mit heruntergelassenen Hosen da. Keine Verdächtigen, keine verwertbaren Spuren. Nur ein grauenhafter Mord, der nach wie vor die Schlagzeilen beherrschte und die Furcht schürte, dass man es eventuell mit einem Serienkiller zu tun hatte, dass weitere grausige Funde folgen könnten.

Das Bürotelefon klingelte. Klimmt spähte missmutig zum Display. Es zeigte von Lingerts Nummer an. »Nicht jetzt«, brummte er.

Erst nach dem achten Läuten wurde es wieder still im Raum.

Ein Klopfen ertönte, Klimmt brummte, und Schleyer, einer seiner erfahrensten Beamten, schob sich in den Raum.

»Leichenfund«, sagte Schleyer. »Mord. Erstochen.«

»Scheiße!«, stieß Klimmt aus.

»Der Tote trieb wohl schon einige Zeit im Main. Erst jetzt wurde er ans Ufer gespült und entdeckt.« Schleyer machte eine vielsagende Geste. »Es handelt sich um einen alten Bekannten von uns.«

»Wer ist es?«

»Adel Sellimi.«

Der Hauptkommissar verengte seine Augen zu Schlitzen und dachte nach. »Ach ja. Der Tunesier. Hat bei allen möglichen Drecksgeschäften mitgemischt, vor allem Drogenhandel. Hab gehört, er hat gern in die eigene Tasche gearbeitet – weit mehr, als ihm zustand.«

Schleyer nickte. »Und genau das ist ihm jetzt wohl zum Verhängnis geworden. Es ist noch zu früh für ein endgültiges Urteil, aber alles spricht dafür, dass wir es hier mit einem sauberen Auftragsmord im Milieu zu tun haben.«

»Das fehlt uns gerade noch.«

»Wenn ich mehr weiß, komme ich wieder.«

»Alles klar.«

Klimmt blickte Schleyer nach, wie er das Büro verließ und die Tür hinter sich schloss. »Scheiße«, sagte er erneut, ganz leise. Eine Bemerkung, die einfach alles umfasste.

Dann verdrängte er Adel Sellimi aus seinen Gedanken und dachte von Neuem an den anderen Fall. Er griff zum Telefonhörer und rief Billinsky auf dem Handy an.

»Wo seid ihr?«, wollte er wissen, ohne sich mit Begrüßungsfloskeln aufzuhalten.

»Rosen und ich sind gleich da«, erwiderte sie leise.

»Vielleicht findet ihr diesmal etwas«, meinte er dumpf. »Wenn schon nicht unseren Freund Chul Hong, dann hoffentlich irgendeine Spur von ihm.«

»Hat die Spurensicherung schon Ergebnisse präsentiert?«, fragte Billinsky. »Ich meine, aus Hongs Apartment.«

»Ich warte noch auf den Bericht.«

»Okay, Chef, ich muss jetzt Schluss machen. Wir sind da.«

Als er aufgelegt hatte, erhob er sich, um endlich das Fenster zu öffnen und frische Luft hereinzulassen. *Wir sind da,* klang Billinskys Stimme noch in seinem Kopf nach. Eine ganz gewöhnliche Überprüfung einer Adresse. Und doch konnte man in ihrem Job nie wissen, was passieren mochte. Vor allem dort, wo sie gerade unterwegs waren.

21

Es war zum Verrücktwerden. Dieses verfluchte Mauseloch wurde von Tag zu Tag kleiner, bedrängender, unerträglicher.

Schon zu lange hielt Chul Hong sich hier versteckt. Ein Loch, mehr war es tatsächlich nicht. Aber nur die wenigsten wussten davon.

Ununterbrochen hatte er sich innerhalb der vier engen Wände aufgehalten. Mit einer Ausnahme: Einmal war er zu einem anderen Unterschlupf aufgebrochen, einem Apartment, um seinen Vorrat an Konservendosen, Reis und Tetrapaks mit Fruchtsäften aufzufrischen. Dort hatte noch so viel herumgestanden. Auch Munition und eine Flasche Reisschnaps hatte er mitgebracht. Damit jedoch ging er sparsam um – es war wichtig, die Konzentration aufrecht zu halten, wachsam zu bleiben.

Seine Kleidung muffelte. Er würde in einen der vielen Waschsalons gehen müssen, aber sich in der Öffentlichkeit zu zeigen, war verdammt gefährlich geworden. Er wechselte Hemd, T-Shirt und Hose. Keine frischen, sondern ebenfalls getragene Sachen. Ja, er würde waschen müssen.

In der Hosentasche entdeckte er ein zusammengefaltetes Tuch. Es war mit roten Flecken übersät. Blut. Es stammte von dem Südafrikaner, den er auf der Honsellbrücke ermordet hatte. Er hatte vergessen, es loszuwerden – eine Unachtsamkeit, die untypisch für ihn war und die zeigte, dass einiges durcheinandergeraten war. Er würde es verschwinden lassen, bei seinem nächsten Ausflug, wann immer der sein würde.

Eigentlich sollte er Liegestützen und Sit-ups machen, um halbwegs fit zu bleiben, aber er konnte sich einfach nicht dazu überwinden. Missmutig trat er an das einzige Fenster der Kammer. Es wies zur Straße. Er sah nach draußen – und erstarrte.

Dort hinten, auf der anderen Straßenseite, standen sie. Und betrachteten das Haus, in dem er sich befand.

Die beiden Bullen. Der unauffällige Mann und die umso auffälligere Frau, die ganz in Schwarz gekleidet war. Sie zog gerade ihr Handy aus der Tasche und hielt es sich ans Ohr, um ein Gespräch zu führen.

Hong holte eine seiner Waffen. Eine Ruger 22/45 »Lite«, Kaliber .22. Sie war viele Jahre alt, das Modell wurde womöglich gar nicht mehr hergestellt, aber er mochte die Pistole. Es tat gut, sie in der Hand zu halten.

Noch einmal näherte er sich seitlich dem Fenster, ganz vorsichtig. Er spähte nach draußen.

Der Mann und die Frau, die jetzt nicht mehr telefonierte, redeten miteinander. Er behielt sie im Auge. Seine Konzentration wuchs, er war völlig ruhig. Die Bullen kamen über die Straße, wobei die Frau ein kleines Stück voranging. Sie marschierten genau auf das Gebäude zu, das ihm bislang guten Schutz geboten hatte.

Damit war es offensichtlich vorbei.

Hongs Hand schloss sich noch fester um den vertrauten Griff der Ruger.

22

Nach dem Gespräch mit Klimmt ließ Mara Billinsky das Handy wieder in der Innentasche ihrer Jacke verschwinden. Skeptisch betrachtete sie noch einmal das Gebäude auf der gegenüberliegenden Straßenseite. Neben ihr stand Jan Rosen, die Hände tief in den Hosentaschen vergraben.

»Wo warst du vorhin eigentlich die ganze Zeit?«, fragte er.

»Unterwegs«, antwortete sie knapp.

»In Sachen Roman Goldbach?«

»In Sachen Annalena Maruth«, stellte sie richtig.

»Ich merke schon, du willst nicht darüber reden. Musst du ja nicht.«

»Es gibt nichts zu reden, weil ich nichts Neues herausgefunden habe.«

»Sag schon, was hast du denn unternommen?«

»Noch mal frühere Bekannte aufgesucht. Noch mal mit Verwandten gequatscht. Das Resultat: nichts. Absolut rein gar nichts. *Fuck!*« Sie schüttelte genervt den Kopf. »Da ist noch eine Freundin von Annalena, mit der ich gern mal sprechen würde. Sie müsste die Einzige sein, die ich noch nicht aufgetrieben habe. Eine gewisse Liane Albrecht. Sie stromert wohl irgendwo in Kanada herum. Na ja, ich werde es eben weiter versuchen.«

Sie befanden sich einmal mehr im Bahnhofsviertel. An keiner der von Olga genannten Stellen hatten sie Chul Hong auftreiben können. Nun blieb nur noch diese Adresse hier: eine angeblich etwas versteckt liegende

Kammer, die man nur über einen im Erdgeschoss gelegenen indischen Laden erreichen konnte. Offenbar bezahlte Hong den Inhabern eine kleine Miete, um die Kammer gelegentlich als Unterschlupf nutzen zu können.

Doch da das Haus nun seit zwei Tagen beobachtet und der Verdächtige nicht gesehen worden war, blieb kaum Grund zu Optimismus.

»Ich wette, das ist auch nur ein Schuss in den Ofen«, meinte Rosen, ohnehin noch nie die Zuversicht in Person. »Und ich verstehe außerdem nicht, was wir überprüfen sollen, Billinsky. Wäre Chul Hong hier, dann hätten ihn die Kollegen …«

»Das hast du mir jetzt schon zehnmal erklärt«, fiel Mara ihm ins Wort. »Ich will diese Kammer einfach nur mit eigenen Augen gesehen haben, bevor wir sie endgültig von der Liste streichen.«

»Okay«, sagte er mit einem Ton, der klarmachte, dass es für ihn eigentlich nicht okay war.

Kein neuer Regen in Sicht, aber die Wolkendecke ließ nach wie vor kaum Sonnenlicht durchdringen. Es war nachmittags, beide Bürgersteige waren bereits ziemlich belebt.

Mara setzte sich in Bewegung, und Rosen folgte ihr. Sie überquerten die Straße und betraten den Laden. Rundständer mit bunten Saris, an den Wänden mit Krimskrams vollgestopfte Regale. Khussa Slipper, Kosmetikartikel, Henna-Schablonen, Tikkas mit Glitzersteinchen. Es roch nach Gewürzen und Duftölen. Surrende Sitarklänge erfüllten den Verkaufsraum.

Keine Kunden zu sehen, aber hinter der Kasse stand ein älterer dicklicher Inder, der sie aus stechenden Augen musterte. Rosen ging auf ihn zu, um seine Dienstmarke zu zeigen, während Mara hinter einen seidenen

Vorhang trat. Düster war es hier. Einen Lichtschalter konnte sie nicht entdecken. Sie hörte, wie der Ladeninhaber sich beschwerte, und Rosen ihn zu beruhigen versuchte.

Eine schmale, steile Treppe führte nach oben. Mara nahm die niedrigen Stufen, die unter ihren dicken Doc-Martens-Stiefeln knarrten.

»Billinsky, warte!«, rief Rosen ihr nach, der Inder jedoch quatschte weiter auf ihn ein.

Auf halber Höhe der Treppe stieß sie seitlich auf einen weiteren Vorhang. Sie zog den Stoff beiseite. Eine Tür aus rissigem Holz. Sie lauschte daran.

Stille.

Doch plötzlich ein metallisches Geräusch. Eines, das ihr vertraut war. Jemand entsicherte eine Waffe.

Geistesgegenwärtig trat sie zur Seite.

Im nächsten Augenblick zerstörte das Krachen zweier direkt nacheinander abgefeuerter Schüsse die Ruhe. Das Holz der Tür wurde zerfetzt, Splitter regneten auf die Stufen.

Wieder Stille. Eine nervenaufreibende Lautlosigkeit.

Am Fuß der Treppe erschien Rosen, den Blick bestürzt nach oben gerichtet, die Waffe in der Hand. *Bleib unten!*, signalisierte Mara ihm mit einem kurzen Handzeichen. Auch sie hatte längst ihre Pistole gezogen.

Sie konnte hören, dass im Zimmer ein Fenster aufgerissen wurde.

Ergriff er die Flucht? Oder war es ein Trick, um sie hereinzulocken?

Möglich. Doch …

Mara trat mit aller Kraft gegen die Tür, die aufsprang und den Blick in eine enge Kammer offenbarte.

Sie betrat den Raum, die Pistole erhoben.

Kalte Luft wallte ihr entgegen. Sie eilte zu dem weit

geöffneten Fenster, stellte sich dicht an den Rahmen und spähte nach draußen. Dort rannte er, den Bürgersteig entlang, zwischen Passanten hindurch. Ein schlanker, wieselflinker Asiate.

»Billinsky?«, rief Rosen angespannt.

»Komm, Rosen!«

Sie überwand die Fensterbank und sprang vom ersten Stock auf den Bürgersteig. Erschrockene Männer und Frauen machten ihr Platz. Chul Hong warf einen Blick über die Schulter zurück und nahm wahr, dass er verfolgt wurde. Er wirbelte herum, ging auf ein Knie, hob die Waffe, zielte.

Wie angewurzelt stoppte Mara und ging hinter einer Mülltonne in Deckung.

Der Schuss peitschte, Menschen kreischten panisch auf, mehrere ließen sich auf den Asphalt fallen.

Mara spähte an der Tonne vorbei. Hong richtete sich blitzschnell auf, drehte sich um und rannte von neuem los.

Sie gab ihre Deckung rasch wieder auf, die Waffe erneut im Anschlag. Er wollte über die Straße flüchten. Mara sah, wie er einen weiteren Blick zurück zu ihr warf. Und sie sah auch das Auto.

Der aus der Gegenrichtung heranbrausende SUV erfasste Hong und schleuderte ihn quer durch die Luft. Mit einem lauten Aufprall landete er auf der Fahrbahn, die noch nass war von den letzten Regengüssen.

Eine jähe, fast unnatürlich wirkende Stille setzte ein.

23

Nele Goldbach hatte länger arbeiten müssen. Als sie zu Hause eintraf, war sie müde. Roman empfing sie mit dieser unpersönlichen Art, die recht typisch für ihn war. Manchmal traf sie das; immerhin war sie seine Ehefrau und nicht irgendwer.

Später aßen sie gemeinsam die Pasta-Reste des Vorabends, doch nach wie vor kam kein Gespräch zwischen ihnen in Gang. Vielleicht dachte er an die Mineralwasser-Kampagne, mit der er beauftragt worden war, vielleicht auch nicht.

Sie hatten die Mahlzeit gerade beendet, als Nele eine Frage herausrutschte, die sie ihm nie zuvor gestellt hatte. Nicht einmal damals. Sie hatte es gar nicht gewollt, doch auf einmal schwebten die Worte über dem Esszimmertisch: »Hast du sie wirklich nur ein einziges Mal getroffen?«

Völlig überrascht blickte Roman auf.

»Wen meinst du?«, kam es von ihm, obwohl er ganz genau wusste, um wen es ging.

»Annalena Maruth«, erwiderte Nele ruhig und beherrscht.

Er trank einen Schluck Rotwein und stellte das Glas übertrieben sorgsam wieder ab. »Warum fragst du? Nach all den Jahren?«

»Der Zeitpunkt der Frage spielt doch keine Rolle. Entscheidend ist die Antwort.«

Er sah ihr in die Augen. »Nur ein einziges Mal.«

Sie maßen sich mit Blicken. Es war vollkommen still

in der Wohnung, bis die Tür aufgestoßen wurde und Max sich ins Esszimmer schob. Er hatte auf die Mahlzeit verzichtet, weil er noch ins Fitnessstudio gehen und erst danach essen wollte.

»Bis später.« Er hob die Hand zu einem beiläufigen Gruß und war schon draußen.

»Viel Spaß!«, rief Nele ihm noch nach.

Als sie nun wieder zu ihrem Mann blickte, war Roman aufgestanden. Er fing an, das benutzte Geschirr in die Spülmaschine einzuräumen, was er sonst nie tat.

Nele sah ihm dabei zu, ohne sich zu rühren.

24

Mara Billinsky klopfte an.

Nichts tat sich.

Sie klopfte erneut, und endlich drang ein Brummen zu ihr, das sie als Aufforderung auffasste, das Büro betreten zu dürfen. Unauffällig und still, wie immer, folgte Jan Rosen ihr. Wortlos nahmen sie auf den Besucherstühlen Platz.

Klimmt stand am offenen Fenster und qualmte. Nach einem letzten tiefen Zug schnippte er die Kippe ins Freie.

»Wir wissen immer noch nichts Genaues«, sagte Mara. »Wie schwer hat es ihn erwischt?«

Der Hauptkommissar setzte sich. Erst jetzt sah er sie an, ohne etwas zu erwidern. Er wirkte schlecht gelaunt, wenn auch nicht schlechter als sonst.

Immerhin, dachte sie.

»Also: Was ist nun mit ihm?«, wollte sie wissen. »Was ist mit Hong?«

»Schwere Kopfverletzungen. Er liegt im Koma.« Klimmt machte eine vage Handbewegung. »Keiner der Ärzte will sich auf eine Prognose einlassen.«

»Es könnte also länger dauern, bis wir ein Wörtchen mit ihm wechseln«, erwiderte Mara säuerlich.

»Oder gar nie.« Er hob die Schultern. »Aber zumindest einen Mordfall können wir abhaken.«

Fragend blickte sie ihn an: »Adel Sellimi?«

»In Chul Hongs Kammer wurde ein mit Blut getränktes Taschentuch gefunden. Die Untersuchung ergab, dass es sich zweifelsfrei um Sellimis Blut handelt. Wahrscheinlich wurde die Mordwaffe, also das Messer, damit gesäubert. Betrachtet man die Vorgeschichte des Tunesiers, kann man von einem Mord im Milieu ausgehen.«

»Dann wäre Hong also tatsächlich das, was sich von Anfang an abgezeichnet hat: ein Auftragskiller für bestimmte Kreise des Organisierten Verbrechens.«

Klimmt nickte kaum merklich. »Es sieht alles danach aus, Billinsky.«

»Aber nichts sieht danach aus, als hätte er auch Annalena Maruth umgebracht«, sagte Mara.

Klimmts Antwort war ein düsteres Schweigen. Denn das war der Fall, der aufgeklärt werden musste. Unter allen Umständen.

Rosen räusperte sich. »In der Zeitung steht bereits, dass wir Annalenas Killer haben.«

»Diese Idioten«, brummte Klimmt. »Die machen nichts als Ärger. Immer wieder.« Er verzog das Gesicht und stand schwerfällig auf. »Apropos Idioten. Ich habe noch einen Termin mit ihnen. Also mit der Presse.«

Auch Mara und Rosen erhoben sich. Zu dritt verließen sie das Büro. Während Klimmt in Richtung Treppenhaus verschwand, schlugen Mara und Rosen den Weg zum Getränkeautomaten ein, der sich etwas versteckt in einem anderen Korridor befand. Der Kaffee war so schlecht, dass man hier meistens ungestört war und sich besser unterhalten konnte als im Großraumbüro.

Als beide einen dampfenden Becher in der Hand hielten, sagte Rosen: »Was meinst du, was der Chef den Presseheinis mitteilen wird? Er kann doch wohl kaum die Meldungen bestätigen, dass der Mörder im Fall Maruth gefunden ist. Denn danach werden sie fragen. Und ganz versessen auf die Antwort sein. Ihm Druck machen. Auf die Nerven gehen.«

»Was würdest du an seiner Stelle tun?«

»Hm, keine Ahnung. Ich würde wohl einfach versuchen, ehrlich zu sein. Und du?«

»Ich auch.« Mara nippte an ihrem Kaffee. »Ich würde ihnen sagen, es gibt nichts Neues. So ist es nun mal. Arsch lecken.«

Er lachte. »Ich stelle mir gerade vor, wie du die Pressekonferenz abhalten und mit den Schreiberlingen Klartext reden würdest. Da wäre mal was los.«

Mara schmunzelte. »Das wäre dann wohl mein erster und letzter Auftritt vor der Presse.«

Nach einer Weile des Schweigens meinte Rosen, nun wieder ernsthafter: »Ich frage mich wirklich, wie Klimmt sich verhalten wird. Stell dir vor, er sagt, wir haben den Mörder, und dann tauchen plötzlich weitere Leichen auf …«

Nachdenklich schüttelte Mara den Kopf. »Ich habe noch immer das Gefühl, dass es eine Einzeltat war. Sicher, wenn der Killer nicht gefasst wird, könnte Annalena Maruth nicht sein einziges Opfer bleiben. Jemand mit einem derart ausgeprägten Sinn für Gewalt wird sich kaum sein ganzes Leben lang zügeln können. Und trotzdem …« Sie sah auf, richtete ihren harten Blick auf Rosen. »Ich sage dir, er ist einer, der erst angefangen hat, seine dunkle Seite zu entdecken. Und auszuleben.«

Rosen machte eine unschlüssige Geste. »Ich habe nach wie vor die Hoffnung, dass es doch Chul Hong war. Niemand aus Annalenas Lebensumfeld …« Er brach ab. »Na ja, das hatten wir ja bereits.«

»Mehr als einmal.«

»Wenn Chul Hong aus dem Koma erwacht, ließe sich sein Verhältnis zu Annalena endlich ganz genau aufklären. Wie tief war die Beziehung? Wie leidenschaftlich?«

»Seine drei Freunde halten ja nach wie vor die Klappe.«

»Irgendwann knicken sie ein. Oder wir können noch mehr Zeugen gegen sie auftreiben und sie endgültig in die Ecke drücken.« Rosen nickte. »Wie gesagt, wenn Hong aus dem Koma aufwacht …«

»Ja«, unterbrach ihn Mara. »Wenn.«

25

Es fehlte ihm.

Es fehlte ihm so sehr.

Manchmal stellte er sich vor, er wäre dort, er wäre bei ihr.

Vor allem nachts, wenn er im Bett lag, umgeben von Dunkelheit, malte er sich aus, die Schuppentür aufzuschließen, hereinzugehen und die Behälter zu öffnen, einen nach dem anderen. Einfach nur, um sie anzusehen, ihr nahe zu sein. Ihrem Geschlechtsteil. Ihrem Kopf. Ihren Augen, diesen schönen großen runden Augen.

Schon als Teenager hatte er über Serienkiller, sadistische Morde und aufsehenerregende Verbrechen gelesen, erst abgestoßen, dann fasziniert, genau wie viele Menschen. Doch anders als viele Menschen hatte er gespürt, dass da mehr war als Abstoßung und Faszination. Dass da etwas in ihm schlummerte, sanft wie ein kleines, unberechenbares, böses Tier, über etliche Wochen völlig unbemerkt, fast vergessen, als wäre es nur eine vage Einbildung gewesen.

Zugleich hatte er immer geahnt, dass diese schlummernde Kreatur wahrhaftig war – und irgendwann erwachen konnte. Blut und Tod, Tod und Blut. Das Grauen existierte nur in seinem Schädel, versteckt, lediglich in selten aufblitzenden Momenten, während er weiterhin derjenige blieb, der er immer gewesen war. Unauffällig. Nie hätte jemand vermutet, dass etwas in ihm brodelte.

Und mit jedem negativen Erlebnis, mit jeder Zurückweisung wurde der Schlaf der Kreatur unruhiger.

Bis sie erwacht war. Das war in jenem Augenblick geschehen, als ihm bewusst geworden war, dass er nicht mehr nur fantasierte, sondern plante. Immer konkreter plante. Ein Vorhaben, das er schließlich in die Tat umgesetzt hatte.

Etwa vier Jahre zuvor war es geschehen. So lange hatte er sich an diesem Erlebnis weiden können, doch jetzt – jetzt war alles anders. Er besaß sie nicht mehr. Nicht mehr ihre zarten Hände, ihr Herz, ihr Geschlechtsteil, das sie vor ihm zu verteidigen versucht hatte – umsonst. Nein, er besaß sie nicht mehr, er konnte nicht mehr in den Schuppen gehen. Nicht mehr in ihre toten, gebrochenen Augen sehen und ihr zulächeln.

Ja, es fehlte ihm. *Sie* fehlte ihm. Vielleicht nicht sie, sondern jemand wie sie. Jemand, den er aufsuchen konnte. Der ihn nicht mehr zurückwies. Der ihm gehörte, ganz und gar.

Und so lag er da, im Dunkel, allein mit sich und den bizarren, blutgetränkten Bildern in seinem Schädel, ausgeschlossen von der Welt. Dabei führte er tagsüber nach außen hin ein normales Leben. Im Inneren jedoch herrschte eine tiefe schwarze Leere. Und aus ihr erwuchs etwas. Eine Sehnsucht.

Die Sehnsucht nach jenen Momenten, als er das Wüten des Todes kennengelernt hatte. Als er fremdes Blut gerochen, sogar gekostet hatte. Erlebt hatte, dass er in der Lage war, den Tod zu bringen.

Er machte sich nichts vor. Die Sehnsucht würde stärker werden, das Brodeln heftiger.

Sie hatten sie ihm genommen. Ihre Gliedmaßen, ihr Herz, ihr Geschlechtsteil, ihre Augen. Er besaß sie nicht mehr. Er brauchte wieder jemanden. Jemand Neuen. Eine neue Prinzessin.

Und abermals machte er sich nichts vor: Die Nachfolgerin stand längst fest. Tief im Inneren wusste er, wen es treffen würde. Wer dazu bestimmt war, seine Sehnsucht zu stillen.

26

Der Nebel, der sich morgens über dem nassen Asphalt bildete, setzte sich in der Stadt fest.

Graue, zähe Tage. Tage, die immer nur dasselbe brachten: ratlose Gesichter, Schulterzucken, Schweigen.

Mara Billinsky hatte von vorn angefangen. So, wie Klimmt es mit düsterer Miene vorweggenommen hatte. Von Neuem hatte sie in Annalena Maruths Leben gewühlt. Verwandte und Freunde aufgesucht, die gleichen Fragen gestellt, die gleichen nutzlosen Antworten erhalten.

Diesmal war ihr nicht nur Trauer entgegengeweht, sondern auch Unverständnis. Besonders Annalenas Eltern zeigten sich irritiert darüber, dass Mara überhaupt noch ermittelte. Offenbar war man allzu gern bereit, Chul Hong als Mörder zu betrachten, nur um mit der Sache endlich abschließen zu können. Mara vermochte diese Haltung durchaus nachzuvollziehen, jedoch nur bis zu einem gewissen Grad.

Sie zeigte den Befragten ein Foto des Koreaners, doch keiner von ihnen hatte ihn je gesehen. Sie präsentierte bei den Gesprächen außerdem ein Bild Roman Goldbachs, ohne allerdings eine Reaktion hervorzurufen.

Niemand – außer natürlich frühere Angestellte von Peukert & Steininger – war ihm je begegnet.

Sosehr sie sich auch dagegen sträubte: Mara musste sich von dem Gedanken verabschieden, dass Roman Goldbach und Annalena Maruth öfter als einmal miteinander ausgegangen waren.

In ihrer Verzweiflung hatte sie sogar noch einmal Udo Hormel überprüft, den Mann, der im Schuppen auf die Leichenteile gestoßen war. Doch bis auf ein paar Diebstähle war ihm nichts nachzuweisen. Ein Mörder war er ganz gewiss nicht.

Missmutig fuhr sie nach einem weiteren frustrierenden Tag durch die abendlichen Nebelschleier, die über dem feucht schimmernden Asphalt schwebten. Das Gefühl, ständig altbekannte Sackgassen zu betreten, hatte etwas Ermüdendes. Nichts hasste sie mehr, als nicht voranzukommen, keiner Fährte folgen zu können.

Dieser Fall war unbefriedigend verlaufen, dachte sie kläglich, und das von jenem Moment an, als sie am Rande des Industriegebiets den unauffälligen Schuppen betreten hatte.

Sie parkte ihren Alfa vor dem Präsidium, und als sie kurz darauf das Großraumbüro betrat, war sie immer noch unzufrieden und frustriert. Sie sehnte sich nach einem guten sizilianischen Rotwein – und vor allem danach, einfach mal abschalten zu können. Aber das war ihr immer schon schwergefallen. Bestimmte Fälle ließen ihr keine Ruhe, nagten an ihr, setzten ihr zu. Immer wieder wurde sie von der Erinnerung an Annalena Maruths Augen verfolgt. Die toten Augen, die sie anzustarren schienen. Das Bild grub sich förmlich in ihre Gedanken ein.

Von den Kollegen war nur Rosen am Platz, das Gesicht dicht vor dem Monitor des Laptops.

»Du wirst bald eine Brille brauchen.« Mara zog die Lederjacke aus und ließ sich auf ihren Drehstuhl fallen.

Er blickte auf. »Hallo, Billinsky!«

»Was machst du noch hier? Warum zieht's dich nicht nach Hause? »

»Ach, ich weiß auch nicht.« Sein Kopf tauchte ab, Rosen starrte schon wieder auf den Laptop.

Mara musste schmunzeln. Sie beide waren vollkommen unterschiedlich, aber zumindest eine Sache verband sie: Sie waren Menschen, die zumeist allein waren und Kontakt zu anderen eher mieden. Einsame Vögel. Mara eine Krähe, Rosen ein Spatz. Das waren die Spitznamen, die ihnen die Kollegen gegeben hatten. Nur dass Mara ihren mit sturem Trotz und inzwischen sogar mit einem gewissen Stolz trug, während Rosen seinen hasste. Was wohl auch kein Wunder war.

Nach einer Weile suchte Rosen ihren Blick. »Du hast ja noch gar keinen Kommentar abgegeben.«

»Wozu?«

»Zu Klimmt.« Er bettete die Unterarme auf den Schreibtisch. »Dazu dass er gegenüber der Presse Chul Hong als Annalena Maruths Mörder bezeichnet hat. Wirklich, das hätte ich nicht gedacht. Da sollte er vorsichtiger sein und nicht solche wackligen Behauptungen machen. Sosehr ich mir auch wünsche, wir hätten den Täter.«

»Ich würde es anders formulieren.« Mara legte ihre Füße auf den Tisch, wie Klimmt es oft tat. »Er wehrt sich nur nicht dagegen, dass die Öffentlichkeit das annimmt. Überzeugt ist er bestimmt nicht davon.«

Plötzlich stand Klimmt im Türrahmen.

»Ich wusste gar nicht, dass Sie noch hier sind«, meinte Rosen.

»Wovon bin ich nicht überzeugt?«, fragte Klimmt.

»Sagen *Sie* es uns«, erwiderte Mara lässig.

Der Hauptkommissar kam ins Zimmer und hockte sich auf die Kante eines freien Schreibtischs. »Ich sage euch was anderes.« Er betrachtete erst Rosen, dann Mara. »Ich habe nämlich gerade eben einen Anruf erhalten. Und es gibt eine Neuigkeit.«

27

Er hatte sich nicht getäuscht. Die Sehnsucht war stärker, mächtiger geworden. Sie begleitete ihn mittlerweile bei jedem Schritt, in jeder Sekunde des Tages. In seinem Kopf liefen die Rädchen ineinander, immer schneller, immer präziser. Alles nahm Formen an.

Er hatte den Schuppen nicht mehr, doch seine Suche schien einen Treffer hervorzubringen: eine alte, verlassene Lagerhalle. Haupttor abgeschlossen, aber ein schmaler Seiteneingang konnte genutzt werden. Ähnlich abgelegen wie das größtenteils verwahrloste Industriegebiet mit dem Schuppen.

Die Lagerhalle gefiel ihm sehr.

Er wurde von Tag zu Tag fokussierter, ging immer wieder die Details durch.

Das Gute war: Er musste nicht alles neu erfinden. Beim letzten Mal hatte sein Plan bestens funktioniert, diesmal würde es auf vergleichbare Art und Weise ablaufen.

Er war zuversichtlich.

Und er war bereit.

28

Wieder waren mehrere Tage vergangen. Tage, die an Mara Billinskys Nerven zerrten.

Sie saß am Fenster und starrte nach draußen. Auf der Straße zischten die Autos vorbei, ihre Scheinwerfer wie grelle Blitze. Es war früher Abend. In der Bar in Sachsenhausen befand sich außer ihr kein weiterer Gast. Es lief dieselbe Jazzmusik wie beim letzten Mal. Auch das ging Mara auf die Nerven. Vor ihr stand ein *Black Russian,* von dem sie bereits die Hälfte getrunken hatte.

Sie scrollte in ihrem Handy durchs Netz. Kaum noch Artikel über Annalena Maruth. Ein paar vage und unsachliche Berichte über ihren angeblichen Mörder Chul Hong, der seinen schweren Kopfverletzungen erlegen war. Das war die Neuigkeit gewesen, die Klimmt im Büro auf seine übliche brummige Art verkündet hatte. Seither hatte sich nichts mehr ereignet.

Ja, und wie das an den Nerven zerrte.

Doch was konnte sie schon ausrichten? Außer das zu tun, was sie immer tat. Weitermachen. Solange es keinen eindeutigen Beweis gab, der Hong als Mörder entlarvte, blieb der Fall für sie offen. Auch wenn im Präsidium bereits die Prioritäten verschoben wurden und Annalena Maruths Name kaum noch fiel. Man war damit beschäftigt, die Anklage gegen Chul Hongs Kumpane vorzubereiten, alles wasserdicht zu machen, wie es so schön hieß, und neue Verbrechen erforderten bereits die Aufmerksamkeit.

Aber noch war Mara nicht bereit aufzugeben. Auch wenn dazu nicht mehr viel fehlte, sie spürte es selbst.

Erneut hatte sie Befragungen durchgeführt, erneut hatte sie die Fotos von Chul Hong und Roman Goldbach Freunden der Ermordeten vor die Nase gehalten.

Die Tür öffnete sich, und eine junge Frau mit langem blondem Haar betrat die Bar. Schick und sexy gekleidet, eine Wolke teuren Parfüms um sich herum stöckelte Carmen Fischer auf Mara zu.

Sie gaben sich die Hand, Carmen Fischer nahm Platz. Es war das zweite Mal, dass Mara sich an sie gewendet hatte, und genau wie zuletzt hatten sie sich hier verabredet. Wäre die Frau nicht bei ihrem Seminar in Hamburg gewesen, hätte dieser Termin schon früher stattgefunden. Viel versprach Mara sich ohnehin nicht davon. Aber sie wollte vollständig arbeiten, jeden offenen Punkt auf der Liste abhaken.

Carmen Fischer hatte ihren eng geschnittenen Mantel abgestreift, lässig gefaltet und auf den dritten Stuhl an ihrem Tisch gelegt. Jetzt setzte sie sich Mara gegenüber.

»Ganz offen«, begann sie, »ich glaube nicht, dass ich Ihnen heute mehr sagen kann. Es tut mir leid.«

Mara nickte nur. Sie trank noch einen Schluck von dem *Black Russian*, zog ihr Notizbuch hervor und überflog einige Sätze, die sie sich bei dem ersten Treffen mit der Frau aufgeschrieben hatte. Eine Bedienung erschien am Tisch, und Carmen Fischer bestellte denselben Rotwein wie beim ersten Aufeinandertreffen.

Mara stellte ihre Fragen, sie hörte sich dabei an wie sonst nie: routiniert, sachlich, gewohnheitsmäßig, was ihr selbst auffiel. Geduldig antwortete Carmen Fischer.

»Wie gesagt«, fügte sie an, »ich habe Ihnen ja schon alles erzählt.«

Mit fast entschuldigendem Gesichtsausdruck sah sie Mara an und nippte an dem inzwischen servierten Wein.

Mara legte das Foto von Chul Hong auf den Tisch. »Jemals gesehen, diesen Mann?«

Carmen betrachtete das Gesicht des Südkoreaners. Sie schüttelte den Kopf.

»Könnte er der Gangster sein, mit dem Annalena sich getroffen hat?«

»Ich habe in der Zeitung über ihn gelesen, aber – ich weiß es wirklich nicht.«

Jetzt folgte das Foto, das Roman Goldbach zeigte. »Kennen Sie diesen Mann?«

Erneut ein Kopfschütteln.

»Haben Sie ihn nie gesehen?«

»Wer soll das sein?«

»Annalena hat sich mindestens einmal mit ihm getroffen.«

Carmen Fischer runzelte die Stirn. »Mit ihm? Er ist doch um einiges älter als Annalena.«

»Ein früherer Arbeitskollege. Hat sie nie von einem älteren Mann erzählt, mit dem sie ein Date hatte?«

»Nein, ganz sicher nicht.«

»Hat sie nie eine sexuelle Belästigung erwähnt?«

»Oh! Und ob!« Carmen betrachtete erneut das Foto und sah es sich genauer an, eine Furche bildete sich auf ihrer Stirn. »Das ist also der Mann. Sie hat mir von dem Vorfall erzählt.«

»Wie haben Sie reagiert?«

»Zuerst war ich geschockt. Und besorgt – um Annalena. Aber je mehr sie davon berichtet hat …«

»Ja?«

»Hm, es kam mir alles ein wenig *dünn* vor. Um es mal so zu sagen.«

»Wie meinen Sie das?«

Ein knappes Schulterzucken. »Wissen Sie, als ich damals in Ruhe darüber nachdachte, bekam ich immer mehr den Eindruck, da wäre nicht so viel passiert. Der Typ, so scheint es, ist ein bisschen auf Tuchfühlung gegangen, hat es aber nicht übertrieben.« Wieder ein Achselzucken. »Na, ich will keine falschen Behauptungen aufstellen und erst recht nichts Schlechtes über Annalena sagen, aber … manchmal hat sie eben eine Welle gemacht.«

»Sie messen dem Zwischenfall also keine besonders große Bedeutung bei, richtig?«

»Nein, das tue ich nicht. Annalena und ich haben dann auch bald nicht mehr darüber gesprochen. Die Sache war durch, es hat sie bestimmt nicht mehr sonderlich beschäftigt. Wie gesagt, so viel ist da wohl nicht vorgefallen.«

Mara trank ihr Glas leer und steckte die Fotos weg.

»Tut mir leid, dass ich Ihnen nicht helfen kann«, sagte Frau Fischer.

»So ist das nun mal. Manchmal läuft man gegen Mauern.«

»Ich war ohnehin verwundert, wieder von Ihnen zu hören. In der Presse stand, dass der Mord an Annalena höchstwahrscheinlich aufgeklärt ist. Dass es dieser Berufskiller war, den Sie mir auf dem ersten Foto …« Sie verstummte.

»Das *Höchstwahrscheinlich* ist es, was mich daran stört«, meinte Mara. Sie überflog erneut ihre Notizen. »Fällt Ihnen sonst noch jemand ein, der mit Annalena bekannt gewesen ist, so flüchtig es auch sein mochte? Irgendwer, den Sie bislang nicht erwähnt haben?«

»Nein, niemand.«

»Fällt Ihnen zu den bisher genannten Personen noch etwas ein? Ein Detail? Eine kleine Begebenheit?«

»Nein. Sorry.«

Mara besah sich nach wie vor die Notizen. »Da gibt es ja noch diese Liane Albrecht. Beim letzten Mal sprachen wir bereits kurz über sie. Ich habe mehrfach versucht, sie telefonisch und per E-Mail zu erreichen. Leider erfolglos.«

»Ach?« Carmen Fischer machte auf einmal große Augen. »Das habe ich ja ganz vergessen.«

»Was?«

»Liane ist zurück aus Kanada. Sie ist wieder in Frankfurt.« Carmen fuhr sich durch ihr langes Haar. »Na klar, gemeinsame Freunde haben mir davon erzählt. Liane arbeitet auch wieder in demselben Café wie früher.«

»In Bockenheim, nicht wahr? Dann werde ich sie dort finden.«

29

Er hatte sie beobachtet.

In aller Ruhe, wie es seine Art war. Gelassen, abwartend. Obwohl in ihm das Lodern stärker wurde. Das kleine Tier in ihm begehrte auf, verlangte nach Blut.

Doch noch zwang er sich zur Geduld. Nichts überstürzen, schärfte er sich ein. Cool bleiben. Nach außen hin völlig unverändert.

Sie bekam nichts davon mit, dass er ihr nachstellte. Was nicht einmal nötig gewesen wäre, schließlich kannte er ihr Leben, ihre Wege. Er kannte jeden ihrer Schritte, jeden ihrer Atemzüge, wie es ihm schien. Aber es konnte nichts schaden, mit Bedacht vorzugehen.

Wieder würde er es hinbekommen, dass man ihn nicht mit ihrem Verschwinden in Zusammenhang bringen konnte. Das war schwieriger als beim letzten Mal, sicher – aber ja, er würde es schaffen.

Die Lagerhalle stand bereit.

Das kleine Tier in ihm leckte sich die Lippen. Der große Moment rückte näher. Der Moment, in dem er seine Sehnsucht stillen würde, Schuld auf sich laden würde. Eine kalte Schuld, die ihn eine Zeit lang verfolgen, sich dann jedoch auflösen würde. Denn es gab keinen anderen Ausweg, um die Leere in seinem Inneren auszufüllen.

Blut und Tod, Tod und Blut. Der große Moment rückte näher und näher.

Unaufhaltsam.

30

Kneipen, türkische Lebensmittelgeschäfte, kleine, nicht allzu teure Boutiquen. Es war fast Mittag, als Mara Bilinsky die belebte Leipziger Straße im Stadtteil Bockenheim entlanglief. Sie hatte es eilig, wie immer eigentlich.

Ihren Wagen hatte sie um die Ecke abgestellt, in einer der schmäleren Seitengassen, weil dort weniger Trubel herrschte. Über den Dächern klebte ein Himmel, an dem sich neu aufgezogene Wolken ineinander verhakten. Es roch nach neuerlichem Regen. Dieses Mistwetter. Es hörte einfach nicht auf.

Am Ende der Straße bog Mara nach rechts ab. Sie überquerte eine Kreuzung, bog erneut ab und erreichte das kleine Café. Die Universität war nicht weit, deshalb kehrten hier vor allem Studenten ein. Etwa die Hälfte der Tische war besetzt. Aus den Boxen erklang leise Chartsmusik. Tabletts mit Frühstückstellern, Cappuccino-Tassen und Saftgläsern wurden von zwei Bedienungen durch den Gastraum getragen.

Eine davon stellte sich als Liane Albrecht heraus, eine freundlich aussehende Frau mit Brille und halblangen kastanienbraunen Haaren. Da der Großteil der Gäste bereits versorgt war, hatte sie kein Problem damit, sich mit Mara an einen kleinen Ecktisch zurückzuziehen.

»Ich war lange in Kanada«, begann Liane Albrecht, nachdem Mara das Gespräch eröffnet hatte. »Eigentlich sollte es ein Studienaufenthalt werden. Aber dann haben mich die Weite und Schönheit dieses Landes so fasziniert, dass ich kaum in der Uni war.«

»Viel unterwegs gewesen, was?«

»Ja, ich bin eine Backpackerin. Die Natur, die Freiheit, das war großartig. Deshalb war ich auch so schlecht zu erreichen. Ich habe es genossen, weit weg von allem zu sein, und nur in ganz unregelmäßigen Abständen meine E-Mails gecheckt.« Sie seufzte. »Und hier stecke ich schon wieder in der alten Tretmühle fest. Studieren, jobben, ständig piepst das Handy. Ach ja, ich glaube, ich muss bald wieder raus hier, raus in die Natur.«

Mara lenkte das Gespräch auf Annalena Maruth. Lianes Antworten deckten sich mit den Protokollen ihrer vier Jahre zurückliegenden Befragung.

»Sie waren recht gut mit ihr befreundet, nicht wahr?«

Liane nickte. »Wir haben uns an der Uni kennengelernt. Na ja, das ist lange her – und ich? Ich studiere immer noch. Irgendwann sollte ich wohl endlich mal die Kurve kriegen.«

»Aber Ihr Kontakt hat sich nicht auf die Uni beschränkt, oder?«

»Wir waren Teil derselben Clique. Feiern, ausgehen, Kino. Und manchmal ist Annalena auch hier im Café eingekehrt, wenn ich bedient habe.«

»Allein?«

»Sie kam mit einem Mann hierher, den ich nicht kannte. Ein Freund von ihr. Aber nicht *ihr* Freund.«

»Oft?«

»Eine Zeit lang schon. Dann gar nicht mehr. Ich habe ihn nie wiedergesehen.«

»Waren sie immer zu zweit?«

»Ja. Ganz sicher. Er gehörte nicht zu unserer Clique.«

Mechanisch legte Mara die Fotografie des Koreaners auf den Tisch. »War er das?«, fragte sie.

Ein schneller Blick, ein entschiedenes Kopfschütteln. »Nee. Den Typen habe ich nie getroffen.«

Ohne große Hoffnung brachte Mara das zweite Foto zum Vorschein. »Und wie ist es mit diesem Herrn?«

Liane besah sich das Gesicht Roman Goldbachs. »Nein, der ist doch viel zu alt für …« Plötzlich stockte sie. »Hm, das ist ja lustig.«

»Was ist lustig?«, wollte Mara wissen, mit einem Mal hellhörig geworden.

Liane nahm das Bild und hob es sich vors Gesicht. »Also, der Kerl sieht tatsächlich so aus wie Annalenas Begleiter. Und doch auch nicht.«

»Wie meinen Sie das?«, fragte Mara ungeduldig.

»Na ja, er ist eben viel älter als Annalenas Begleiter. Und trotzdem ist die Ähnlichkeit verblüffend.«

Wie elektrisiert schoss Mara in die Höhe. »Vielen Dank, Frau Albrecht. Sie haben mir sehr geholfen.« Hastig steckte sie die Fotos ein.

»Wirklich?« Verdutzt sah Liane sie an. »Habe ich das?«

Doch Mara war schon auf dem Weg nach draußen.

Da war er endlich. Der Augenblick, auf den sie so lange gewartet hatte.

31

Alles lief nach Plan.

Sie hatte eingewilligt. Nach einigem zähen Überreden, nach mehreren Versprechen, dass es das letzte Mal sein würde, dass sie ihn sah.

Jetzt würde er das Auto an einem bestimmten Punkt abstellen, damit er es später rasch erreichen konnte – es war exakt dieselbe Stelle wie beim letzten Mal.

Gleich würde er sie treffen.

Er hatte die Getränkedosen eingesteckt, von denen er eine im Laborraum der Universität mittels einer Spritze manipuliert hatte. Ja, alles lief nach Plan. Als er schon dabei war, das Haus zu verlassen, fiel ihm der Messerblock in der Küche auf.

Er hielt inne. Dachte nach.

Nein, er hatte keine Verwendung für eine Waffe – jetzt noch nicht. In der Lagerhalle lag ohnehin das gesamte Werkzeug bereit. Nein, er brauchte keine Waffe. Und dennoch griff er zu. Aus einem jähen Impuls heraus schob er sich ein Steakmesser mit besonders scharfer Klinge in den Hosenbund. Hinten, unter den Hoodie. Niemand würde es bemerken.

Nein, er würde es nicht brauchen. Aber dennoch – man konnte ja nie wissen.

Ein schneller Blick zur Uhr. Ja, es wurde Zeit.

Zeit für das Treffen mit Tina.

Ihr letztes gemeinsames Treffen.

32

Die Tür des Hauses ging auf. Ein Mann kam heraus.

Mara Billinskys Blick lag auf ihm.

Er war es.

Er trug einen Hoodie, darüber eine ärmellose, gesteppte Winterweste, außerdem Chinos und Sneaker. Man sah seinen Bewegungen an, wie durchtrainiert er war, ein schlanker, mittelgroßer junger Mann, bestens in Form. Durchaus attraktiv, aber zugleich haftete ihm etwas Unauffälliges, sogar Harmloses an.

Er setzte sich hinters Steuer eines Audis, wohl das Fahrzeug seines Vaters, und fuhr los.

Mara startete ebenfalls den Motor ihres Alfas und blieb an ihm dran, während er durchs Straßengeflecht des Westends steuerte und dann in Richtung Nordend unterwegs war.

Er stellte den Wagen am Rande des Günthersburgparks auf einem kleinen Parkplatzareal ab, das sonst kaum genutzt wurde. Zu Fuß setzte er seinen Weg fort, offenbar wollte er in den Park.

Mara parkte den Alfa in einiger Entfernung zu dem Audi und beeilte sich, um sich an die Fersen des Mannes zu heften.

Tatsächlich, er durchquerte den Park, um sich am gegenüberliegenden Eingang auf eine Bank zu setzen.

Mit einem Abstand von gut hundert Metern behielt Mara ihn im Auge, geschützt von Sträuchern. Die Wahl des Parkplatzes ließ Mara stutzen. Wieso hatte er diesen weit entfernten Punkt, am anderen Ende der weitläufigen Anlage, ausgewählt?

Es war früher Nachmittag, ein kühler Wind wehte und

trieb Nebelfetzen vor sich her. Nur vereinzelte Leute waren unterwegs, hier und da ein Rentner, ein paar Jogger. Stille lag über dem Park, Bäume und Mauern dämpften den Verkehrslärm, der aus den umliegenden Straßen hierher drang.

Eine junge Frau mit gewellten hellblonden Haaren radelte heran und stellte ihr Fahrrad an der Bank ab, auf der der Mann saß. Sie sicherte es mit einem Schloss.

Die beiden begrüßten sich. Ohne Berührung. Zurückhaltend, vielleicht sogar ein wenig befangen, wie es Mara vorkam. Seine Freundin? Oder eher Ex-Freundin. Falls das zutraf, was sein Vater gesagt hatte.

Ja. Gut möglich, dass sie das war.

Die beiden folgten dem Fußweg, den der Mann zuvor allein entlanggegangen war, aber nun in entgegengesetzter Richtung. Mara nahm die Verfolgung auf und zwang sich dabei, nicht zu nahe aufzurücken.

Geduld war nicht ihre Stärke, zweifellos. Doch sie konnte nicht einfach voranstürmen, so gern sie das auch getan hätte.

Sie musste behutsam vorgehen.

Und das tat sie, nun schon seit mehreren Stunden – seit sie das Café in Bockenheim verlassen hatte. Schließlich hatte sie nichts in der Hand gegen den jungen Mann, auf den sie unentwegt ihren Blick richtete. Es stand lediglich fest, dass er Annalena doch gekannt hatte – entgegen seiner Aussage. Und der seines Vaters. Mehr noch: Er hatte sich offenbar häufiger mit ihr getroffen.

Das hatte Liane Albrecht ausgesagt, und weshalb sollte sie lügen?

Nach dem Gespräch mit der Bedienung hatte Mara zunächst vorgehabt, ins Präsidium zurückzukehren, doch dann war sie intuitiv ins Westend gefahren. Bevor sie Klimmt die Lage erörterte, wollte sie noch mehr

Punkte sammeln, um sichergehen zu können. Anschließend hatte sie im Auto gewartet, ohne konkreten Plan, einfach nur ihrem Gespür vertrauend.

Sie sah, wie die beiden sich an eine von Büschen und Sträuchern abgeschirmte Stelle zurückzogen. Ein merkwürdiger Ort für ein Rendezvous, vor allem angesichts des unfreundlichen Wetters. Oder war es eher eine Aussprache? Angeblich hatten sich die beiden ja getrennt.

Falls es sich tatsächlich um seine Ex-Freundin handelte.

Noch vorsichtiger als zuvor näherte sich Mara den Büschen. Der dichter gewordene Nebel half ihr, im Verborgenen zu bleiben. Die grauen Schwaden hüllten sie förmlich ein. Das Rauschen des Windes schluckte die Geräusche ihrer Doc Martens im feuchten, fast schon abgestorbenen gelben Gras. Sie schmiegte sich an Zweige und bräunlich verfärbtes Blattwerk.

Sie entdeckte die beiden.

Ein paar Schritte trennten sie von ihnen, doch sie waren zu sehr mit sich beschäftigt, um auf ihre Umgebung zu achten. Er versuchte die junge Frau mit Engelszungen zu überreden, ihre Entscheidung doch noch einmal zu überdenken und ihrer Beziehung eine letzte Chance zu geben.

Also war sie es gewesen, die Schluss gemacht hatte.

Und offenbar wollte sie bei ihrer Entscheidung bleiben. Je mehr Worte er aneinanderreihte, desto abweisender, versteinerter wurde ihre Miene.

Zwischen Ästen hindurch betrachtete Mara sein Gesicht, das auch jetzt etwas Harmloses ausstrahlte. Und sie dachte wieder an das, was Jan Rosen gesagt hatte: Wem sieht man den Killer schon an?

»Okay«, sagte er schließlich resignierend. »Ich gebe auf. Ja, ich gebe wirklich auf.«

Die junge Frau mit den hellblonden Haaren schien sofort erleichtert zu sein. »Es ist vorbei«, antwortete sie nach einigen Sekunden des Schweigens. »Es ist einfach vorbei. Da ist nichts mehr zu kitten.«

Er lachte auf, mit dieser hilflosen, seltsam ironischen Traurigkeit eines Menschen, der mit einer bestimmten Tatsache nicht fertigzuwerden vermochte.

»Ist schon gut, Tina«, sagte er dann. »Ist schon gut.« Er starrte zu Boden. »Ich hatte es mir ja gedacht, dass da nichts mehr zu machen ist.«

»Tut mir leid.«

»Weißt du noch, als wir uns kennengelernt haben? Bei dem Uni-Fest? Es gab diesen Champagner in Dosen.«

Sie nickte, offenbar ein wenig irritiert. »Klar, ich erinnere mich gut daran.«

Als wäre das das Stichwort, zog er zwei Dosen aus den Innentaschen seiner ärmellosen Steppweste.

Überrascht sah sie auf, als wäre es ihr ein wenig unangenehm.

»Champagner«, verkündete er. »In Dosen.« Er trat dicht an sie heran und hielt ihr eine davon hin. »So, wie es angefangen hat, soll es auch enden. Tust du mir den Gefallen?«

Sie nahm das Getränk entgegen. Beide öffneten sie die Dosen.

Sie prosteten sich zu. Tranken.

Wieder drängte er ihr das Anstoßen auf, wieder nippten sie.

Mara sah, dass die junge Frau das Gesicht verzog.

»Das schmeckt komisch.«

»Aller guten Dinge sind drei«, sagte er.

Erneut das blecherne *Pling!* der Dosen, erneut nahmen sie einen Schluck.

So oder so ähnlich musste es auch damals gewesen sein, mutmaßte Mara in ihrem Versteck. Vor vier Jahren. Womöglich sogar an derselben Stelle. Mit Annalena Maruth.

Wie hatte er den Champagner präpariert? Mit einer besonders feinen, aber starken Spritze? Wahrscheinlich.

Die junge Frau fuhr sich mit der Hand übers Gesicht, durchs Haar. »Irgendwie …«

»Ja?«

»Irgendwie ist mir auf einmal ganz komisch.«

Er lächelte sie an. Erst noch mit diesem harmlosen Ausdruck, dann überzog jedoch ganz plötzlich eine Kälte sein Gesicht, ohne dass er auch nur einen Muskel regte.

»Ich habe in der Nähe geparkt«, sagte er. »Lass uns zum Auto gehen, Tina, ich fahre dich nach Hause.«

»Nach Hause«, wiederholte sie mit schwacher Stimme. »Gute Idee.«

Er nahm ihr die Dose aus der Hand und leerte beide Dosen aus, dann ließ er sie wieder in den Taschen seiner Weste verschwinden.

Als er aufsah, fiel sein Blick auf Mara. Völlige Verblüffung zeichnete sich auf seinen Zügen ab.

Sie trat vor, Zweige streiften sie. Er starrte sie noch immer an, in seinen Augen eine unheimliche Mischung aus Unschuld und Heimtücke.

»Überlegst du dir schon, wie du ihr Schmerzen zufügen kannst?« Sie deutete auf die junge Frau, die erst jetzt ihr Erscheinen wahrnahm, jedoch nicht mehr in der Lage war, einen Ton zu äußern. Ihr Blick verschleierte sich, sie sank auf die Knie.

Max Goldbach nutzte den Moment und rannte los. Nicht Richtung Auto, da Mara den Weg versperrte, sondern zurück, quer durch den Park. Mara stürmte sofort hinter ihm her, vorbei an der am Boden kauernden Frau, die in eine Ohnmacht hinüberglitt.

33

Immer wieder sah sie, wie er beim Laufen über die Schulter zurückblickte. Doch so sportlich er auch sein mochte – es gelang ihm nicht, sie abzuhängen.

Maras Lungen brannten, sie spürte die Muskulatur in ihren Beinen. Etwas mehr Training hätte nicht geschadet, aber immerhin schaffte sie es, an ihm dranzubleiben. Durch den gesamten Günthersburgpark. Bis zum gegenüberliegenden Parkeingang. Beäugt und bestaunt von den wenigen Passanten, die das trübe Wetter nicht davon hatte abhalten können hierherzukommen.

Max Goldbach überquerte eine vierspurige Straße. Reifen quietschten, Fahrer hupten. Ungeachtet der Gefahr durch weitere heranrasende Fahrzeuge rannte Mara ihm entschlossen hinterher. Hinein in die Wiesenstraße, die zur Berger Straße führte. Aus einem Bürogebäude kam eine Frau. Fast wäre sie mit Goldbach zusammengeprallt. Er hielt im Rennen inne, schnappte nach der sich schließenden Tür und schlüpfte ins Innere des Hauses.

»Aufmachen!«, brüllte Mara die Frau an, die vollkommen perplex dastand und sie anstarrte. Rasch hielt sie ihr den Dienstausweis vor die Nase. »Los!«

Die Frau gehorchte, schloss zitternd auf, und schon war Mara drinnen.

Im Treppenhaus schallten die Schritte Max Goldbachs, der die Stufen nach oben rannte.

Und erneut blieb sie dran. Sechs Stockwerke hoch. Eine Stahltür stand offen und führte zu drei Stufen, über die man aufs Flachdach gelangte.

Erst jetzt zog sie ihre Pistole.

Sie trat ins Freie. Eine kalte Windböe schlug ihr entgegen. Graue Wolken über ihr, unter ihr das in Wellen hinaufschwappende, gedämpfte Brummen des Verkehrs rund um die Wiesenstraße.

Sie drehte sich um, die Waffe im Anschlag.

Dort stand er. Am Rand des Dachs, getrennt vom Abgrund nur durch eine hüfthohe Mauer. Genau wie Mara war er außer Atem. Sein Blick lag auf ihr, abermals mit dieser irritierenden Mischung aus engelhafter Unschuld und teuflischem Glühen.

Ja, seine Augen glühten regelrecht.

Mara ging auf ihn zu.

Blieb zwei Meter vor ihm stehen. Ließ die Pistole sinken.

»Kein Grund zur Aufregung«, sagte sie so lässig wie möglich.

»Mir sind wohl ein wenig die Nerven durchgegangen«, erwiderte er, ohne sie aus den Augen zu lassen.

»Kein Wunder. Wenn man bedenkt, was Sie gerade vorhatten.« Sie war konzentriert, dennoch brachte sie es fertig, ihn frech anzugrinsen. »Und da muss dummerweise ich auftauchen und alles verderben. Sorry!«

Er erwiderte nichts.

»Wer ist die Frau? Ihre Ex-Freundin?«

Er nickte. Wortlos.

»Und jetzt sollte sie Annalena Maruths Nachfolge antreten, nicht wahr? Nachdem Ihnen ihre Körperteile abhandengekommen sind.«

Sein Blick wanderte in die Tiefe, dann fasste er wieder Mara ins Auge.

»Wie haben Sie Annalena Maruth kennengelernt?«

Er lachte auf, mit einem irren Unterton, der Mara noch wachsamer werden ließ. »Ich kannte sie doch gar nicht. Es gibt niemanden, der mich mit ihr …«

»Doch, gibt es«, unterbrach sie ihn mit ruhiger Bestimmtheit. »Es gibt immer jemanden. Man muss nur lange genug suchen und oft genug fragen. Also: Wie haben Sie sie kennengelernt?«

Keine Antwort – nur der erneute Blick in die Tiefe.

»Wusste Ihr Vater, dass Sie Annalena kannten?«

Abermals dieses Auflachen, das Mara unter die Haut ging. Er war unberechenbar. So harmlos er wirken mochte – sie musste verdammt aufpassen.

»Ja, er wusste es«, kam endlich eine Antwort aus Max Goldbachs verzerrtem Mund. »Er war es, der uns zusammengebracht hat. Mehr oder weniger. Na ja, eigentlich war es eine Eintrittskarte.«

»Inwiefern?«

»Mein Vater besaß zwei Freikarten für eine Veranstaltung, eine dieser aufgeplusterten Medien- und Werbeagentur-Preisverleihungen. Erst wollte er dorthin gehen, aber dann kam ihm kurzfristig etwas im Job dazwischen. Er schickte mir eine Nachricht, ob ich für ihn gehen wolle. Ich fuhr zur Agentur. Dort hat er mich erwartet. Er stand vor dem Gebäude und rauchte eine Zigarette, zusammen mit Annalena Maruth. Sie bekam die zweite Karte, er hatte sie ihr schon länger versprochen. So sind wir dagestanden. Zu dritt. Und Annalena machte den Vorschlag, dass wir beide ja gemeinsam zur Veranstaltung gehen könnten. Ja, es war *ihre* Idee. Ist das nicht lustig?«

»Nicht für Annalena«, gab Mara trocken zurück.

»Jedenfalls sind wir zusammen dorthin gegangen und hatten einen tollen Abend. Während mein Vater wieder am Schreibtisch gesessen hat, um weiterzuarbeiten.«

»Dann hat mir Ihr Vater bewusst verschwiegen, dass Sie und Annalena sich kannten.«

»Ach was.« Max Goldbach winkte ab. »Nein, er würde nie auf die Idee kommen, dass ich und Annalena uns nach diesem Abend häufiger getroffen haben. Er hat da bestimmt gar nicht mehr dran gedacht, in jenen Wochen hat er sowieso unter Vollstress gestanden. Jeden Tag Überstunden und so weiter. Nicht nur er – niemand wäre je auf die Idee gekommen.«

»Auch nicht Ihre Mutter.«

»Wie sollte sie?«

»Sie studieren Chemie, richtig? Sind Sie auf die Art an das Formalin herangekommen?«

»Ach, Details. Wen kümmern die am Ende?« Etwas Unheilvolles spiegelte sein Gesicht wider. »Am Ende geht es doch nur … Ja, um was eigentlich? Sinnlos. Alles ist sinnlos. Wertlos. Nutzlos. Ohne Belang.«

»Sagen Sie das mal Annalena Maruths Eltern.«

»Ihren Eltern? Die interessieren mich nicht. Ebenso wenig wie sich jemand für mich interessiert. Wir *alle* sind doch nur – ohne Belang.«

Mara ließ sich erst gar nicht auf dieses bedeutungsschwangere Geschwafel ein. »Wie ist es nach diesem ersten gemeinsamen Abend mit Ihnen beiden weitergegangen? Mit Ihnen und Annalena?«

Er sah Mara an, doch schien er eher durch sie hindurchzublicken. In seinem Gesicht arbeitete es, um seine Augen war ein Zucken. »Ich schrieb ihr eine erste WhatsApp, sie antwortete sofort. So lief es eine Weile. Ich schlug vor, wir könnten uns treffen, sie war einverstanden. Mal ins Kino, mal in ein Café in Bockenheim. Ab und zu haben wir uns ein Eis geholt und sind spazieren gegangen, im Günthersburgpark oder auch im Grünburgpark.«

Mara versuchte in seinen Zügen zu lesen. »Klingt nach einer netten Freundschaft.«

»Freundschaft«, wiederholte er verächtlich. »Genau das war es.«

»Und Annalena war wohl zufrieden damit.«

Er erwiderte nichts. In seinen Augen loderte es mittlerweile.

»Aber Sie nicht. Im Gegenteil, Sie wollten mehr.«

Fast verschluckt vom Wind drangen seine hasserfüllt herausgepressten Worte zu Mara: »Sie hat mich eiskalt abserviert. Einfach so. Dabei war sie immer nett gewesen, hat mit mir geflirtet, mir Nachrichten mit Herzchen- und Kussmund-Symbolen geschickt. Und dann ...« Er saugte die Luft ein. »Eiskalt abserviert.«

»Annalena war nicht die Erste, was?«, mutmaßte Mara. »Nicht die Erste, die Sie abserviert hat?«

Max nickte düster. »Das ist oft passiert. Am Anfang finden mich alle nett, aber dann gehen sie mir aus dem Weg. Als würden sie fühlen, dass etwas mit mir ist. Etwas Bedrohliches, das man nicht sieht. Oder sie finden mich einfach nur langweilig. Wie Annalena. Irgendwann fing sie an, mich das spüren zu lassen.«

»Was ist, wenn Sie zurückgewiesen werden? Fängt es an, in Ihnen zu brodeln?«

Beim letzten Wort starrte er Mara in die Augen.

»Brodeln? Ja, das trifft es gut. Es brodelt. Anfangs hat es mir genügt, mit dem Auto meines Vaters durch die Gegend zu heizen. Nachts. Schnell wie ein Rennfahrer. Da war ich achtzehn, neunzehn. Um dieselbe Zeit bin ich einmal im Keller unseres Hauses auf eine Katze gestoßen, die aus Versehen dort gelandet war und nicht mehr rauskam.« Ein jähes wildes Grinsen umspielte Max Goldbachs Mund. »Ich habe sie zu Tode gequält, ganz langsam. Von da an wusste ich, dass ich *anders* war als der Rest. An die Katze musste ich denken, als Annalena mich abserviert hat. Immer wieder.«

»Und jetzt mussten Sie immer wieder an Ihre Ex-Freundin denken, nehme ich an«, entgegnete Mara betont ruhig und zurückgenommen.

»Zwei Jahre waren wir zusammen. Die beste Zeit meines Lebens. Das Brodeln war weg. Einfach weg.«

»Sie hatten ja auch die Trophäen im Schuppen. Denn dass Sie etwas von ihr behielten, gab Ihnen Macht über sie. Sie hatten Annalena besiegt. »

»Ja, das hatte ich. Ab und zu habe ich sie besucht und ihr in die Augen gesehen. Das war schön.« Auf einmal war sein Gesichtsausdruck beinahe versonnen. Dann kehrte das Düstere zurück in seine Augen, das Unberechenbare. »Ein kurzer Abstecher zum Schuppen, dann wieder zu Tina. Alles war gut. Endlich einmal. Tina war großartig. Bis auf einmal ... Und dann wurde sie kalt. Kalt wie Annalena.«

Erneut spähte er in den Abgrund, der keinen halben Meter entfernt war. Als hätte er sich eben erst wieder daran erinnert, dass es diese Tiefe gab.

»Denken Sie nicht daran«, sagte Mara.

»Warum sollte ich nicht?« Er lachte auf. »Ein einziger kleiner Schritt, und alles ist vorbei. Alles. Und ich bin erlöst.«

Er war eine wandelnde Zeitbombe. Einmal war er bereits explodiert, heute fast zum zweiten Mal. Einer jener Mörder, die nicht zurückkonnten. Die es immer wieder dorthin treiben würde, in diese eigene kleine Hölle, die sie sich geschaffen hatten. Tina wäre nicht das letzte Opfer geblieben, da war sich Mara sicher.

Noch ein paar Zentimeter näher trat er an die Mauer, die das Flachdach umschloss. Im Nu wäre er darüber hinweggerutscht, um seinem Leben ein Ende zu bereiten.

Mara betrachtete ihn unentwegt. Er verkörperte auf

nahezu perfekte Weise das unsichtbare Grauen aus der Nachbarschaft, das ihr manchmal mehr Angst einjagte als die Gangster des Bahnhofsviertels. Sie hatte man wenigstens auf dem Radar. Aber jemand wie Max Goldbach, der unter dem Schutzschirm unauffälliger Rechtschaffenheit durch seinen Alltag schritt, war in gewisser Weise der schlimmere Albtraum.

Wiederum blickte er in die Tiefe. Ganz nah stand er nun an der Mauer, er berührte sie bereits mit der Hüfte.

»Denken Sie nicht daran«, sagte Mara noch einmal.

Ein merkwürdiges schiefes Grinsen hing in seinem Gesicht, während seine Augen wieder Mara ins Visier nahmen.

»Ich denke an etwas ganz anderes.«

Plötzlich war er in Bewegung. Ein Griff nach hinten unter seinen Hoodie, das Aufblitzen einer Messerklinge. Ein wildes Aufkreischen entkam seiner Kehle, als er auf Mara losstürmte.

Geistesgegenwärtig wich sie seinem Messerstoß aus, ließ ihn ins Leere gleiten und schlug zu. Mit dem Lauf der Pistole traf sie ihn seitlich am Kopf.

Goldbach fiel zu Boden. Sie warf sich auf ihn, riss seinen Arm nach hinten, sodass er das Messer nicht mehr festhalten konnte. Noch ein Schlag, der ihn leicht benommen machte, dann legte sie ihm Handschellen an.

Sie erhob sich und zog auch ihn auf die Beine. Schwankend stand er da. Blut floss ihm durchs Haar ins Gesicht.

Auf einmal begann er zu weinen. Er hielt den Kopf gesenkt, Tränen liefen ihm über die sorgfältig glatt rasierten Wangen. Er schluchzte wie ein Kind, das eine Tracht Prügel erhalten hatte. Geradezu hilfsbedürftig wirkte er in diesem Moment, wie jemand, dem Unrecht geschah, der keiner Fliege etwas zuleide tun konnte.

Mara sah ihn an, in der einen Hand die Waffe, in der anderen das Smartphone, um die Kollegen zu verständigen. Ein eiskalter Schauer lief ihr über den Rücken. Sie fragte sich, wie viele Max Goldbachs noch unterwegs sein mochten, genau in diesem Moment, irgendwo da draußen, verborgen unter der trügerischen Tarnung der Unauffälligkeit. Bis der Augenblick kam, in dem die Hülle Risse erhielt, die Gewalt durchbrach und Unschuldige einen grauenhaften Tod sterben mussten.

Sie legte sich das Handy ans Ohr und meldete sich bei Klimmt, der den Anruf nach dem ersten Klingelton entgegennahm: »Billinsky, wo stecken Sie denn schon wieder?«

»Im Günthersburgpark. Besser gesagt, in unmittelbarer Nähe des Parks.«

»Und was zum Teufel machen Sie da?«, brummte er.

»Ich nehme Annalena Maruths Mörder fest.«

Das verschlug ihm offenbar die Sprache – es kam keine Antwort.

»Aber natürlich nur«, fügte Mara ironisch an, »wenn Sie nichts dagegen haben.«

ENDE